Hans-Jürgen Schleicher

Faulhabers Komet

Hans-Jürgen Schleicher

Faulhabers Komet

Die Deutsche Nationalbibliothek verzeichnet diese Publikation in der Deutschen Nationalbibliografie; detaillierte bibliografische Daten sind im Internet über http://dnb.dnb.de abrufbar.

TWENTYSIX – Der Self-Publishing-Verlag
Eine Kooperation zwischen der Verlagsgruppe Random House und BoD – Books on Demand

Herstellung und Verlag:
BoD – Books on Demand, Norderstedt

ISBN: 9783740747299

I

Draußen stand der Feind. Vielhundertzählig. Erst in kleinen Gruppen eingetroffen, tröpfchenweise nach und nach sich sammelnd, vielleicht schon bald verzweifelt und wütend alles überflutend. Gestern Abend noch überschaubar, heute Morgen die sonst nur von Gänsen bevölkerten Weidenflächen vor der schmalen Zugbrücke über den Festungsgraben unübersehbar füllend. Es waren nicht die Spanisch-Kaiserlichen, die nach ihrem gestrigen Sieg über die schwedische Armee bei Nördlingen wieder das Sagen hatten, für diesen Augenblick wieder Oberwasser hatten – die gingen ihrer Menschenjagd im Felde nach, in den Wäldern und in dem, was an dörflichen Siedlungsresten noch übriggeblieben war. Der Feind, das waren die eigenen Leute. Die von draußen. Die Bauern, Bettler, flüchtenden Habenichtse. Sie brachten Krankheit mit sich, Unruhe, noch mehr Enge in die sowieso schon beengte Stadt. Hunger, Teuerung, Streitigkeiten, Verbrechen. Und Bettelei, überall wurde man schon jetzt angebettelt, keinen Schritt konnte man in die Gassen und auf die Plätze der Stadt tun, ohne angepöbelt zu werden.

Stadtbaurat Furttenbach stand auf der Torbastion und schaute auf das Gedränge. Es wurde selektiert. Die guten ins Töpfchen, die Schlechten ins Kröpfchen. So ging der Märchenreim. Und so ging die Stadtwache vor. Die Landpfleger standen dabei und winkten ihre Leute durch. Nur wer gewiss zu den Ulmer Untertanen zählte wurde aufgenommen.

Von oben gesehen sah die Menge aus wie ein Meer, das gegen die Stadtbefestigung brandete, Graben und Zugbrücke überschäumte, eine wimmelnde Masse sich verzweifelt gebärdender kleiner Gestalten, gestenreich – so übertrieben, so vulgär, ein brausendes Meer, aus dem einzelne Schreie heraustönten, ein Wutgesumme, ein Verzweiflungsgeächze, ein merkwürdiger Lärm, der nicht nach menschlichen Stimmen klang, zusammengeschoben und verdichtet wie er war, emporgetragen zu ihm. Furttenbach hatte Angst. Und war voller Zorn. Der Bürgermeister und die Fünf vom Geheimen Rat, allesamt gutmütige ältere Herren, hatten beschlossen, die Tore nicht dicht zu machen, die Stadt nicht vor dieser Invasion zu schützen, wie es ihre Aufgabe gewesen wäre, sie wollten so viele wie möglich aufnehmen, ein Asyl in der Verheerung; jeder, der Anspruch auf Schutz hatte, durfte herein. Jeder, der seinen Zins in den vergangenen Jahren abgeliefert hatte, jeder, der bekannt war und einen Fürsprecher in der Stadt hatte. Aber doch zu viele, viel zu viele. Er konnte es spüren, mit dieser Menge kam der Schrecken in die Stadt. Schon war an anderen Orten die Pest ausgebrochen, Gott sei Dank mit nicht zu erdrückenden Opfern – doch jeder einzelne, der auf diese Weise qualvoll starb, war einer Zuviel – aber hier würden sie nicht so glimpflich davonkommen. Das fühlte er in der Magengrube. Und er war zornig darüber, dass niemand von den Verantwortlichen die Größe oder Grausamkeit besaß, vorausnehmende Konsequenzen aus dem Offensichtlichen, dem Abzusehenden zu ziehen. Stattdessen verschloss man die Augen.

Jemand kletterte die Stiege empor und stellte sich neben ihn. Es war sein von ihm nicht besonders geschätzter Kollege Faulhaber. Dieser grüßte ihn mit einem stummen Nicken, zu vertraulich für Furttenbach, der lieber Abstand zu dem in mancher Hinsicht Rivalen hielt, aber es war nicht der Moment für Förmlichkeiten.

„Es ist nicht gut", sagte er, mehr zu sich selbst als zu dem anderen. "Es wird Unheil bringen. Unruhe. Verderben."

„Aber es sind verzweifelte Menschen, denen wir Rettung und Sicherheit geben können", stieg Faulhaber in das wie vor sich Hingesprochene ein.

"Und sie bleiben nicht für ewig, sobald das Kriegstheater weitergezogen ist, kehren sie wieder in ihr Zuhause zurück."

„Zu ihren verwüsteten Äckern und zerstörten Hütten? Nein, das glaube ich nicht. Sie werden erst verschwinden, wenn das Leben ihnen hier noch schlimmer vorkommt als ihr vergangenes inmitten der Kriegsgräuel. Und ich hoffe nicht, dass sich das so entwickelt."

„Wir werden es eben ein wenig enger haben, doch dafür haben wir ein gutes Gewissen, und das ist doch auch etwas wert, nicht wahr?"

Furttenbach schwieg. Warum sollte er auf solch eine naive Meinung eingehen? Die Notwendigkeit einer Handlung einzusehen und sich dann vor dem Handeln zu drücken war nicht etwas, was er mit einem guten Gewissen vereinbaren konnte. Und sich ein gutes Gewissen durch Verschließen der Augen vor den zukünftigen Folgen zu bewahren (auch wenn niemand wirklich die Zukunft vorhersehen konnte), war für ihn selbstgerechte Dummheit. Doch Faulhaber dachte wohl anders.

Furttenbach verabschiedete sich steif von ihm, konnte es aber nicht unterlassen, als Begründung seines eiligen Abgangs etwas von viel Arbeit und größeren Projekten zu sagen, die auf ihn im Amt warteten; er, dächte dabei an ein Pesthaus zur

Absonderung und Pflege von ansteckenden Kranken. Er wusste, dass diese Bemerkung den anderen treffen würde, da Faulhaber einst selbst auf die Übernahme des Bauamtes gehofft hatte und nun mehr oder weniger im auftragslosen Abseits stand. Aber so war nun einmal das Leben: der eine stieg auf, der andere fiel...

Nachdem Furttenbach gegangen war, blieb Faulhaber eine Zeit lang regungslos an der Brüstung stehen, blickte auf die Szene unter ihm und fühlte sich hilflos. Er konnte nur wenig, eigentlich gar nichts für diese heimatlos gewordenen Menschen tun, sah sie ihrem Schicksal entgegenwanken, unaufhaltsam ihrem persönlichen Abgrund zu.

Die als Ulmer akzeptierten wurden als Bettler hereingelassen, mit wenig mehr als ihrem bloßen Leben davongekommen, die fremden Bettler als unerwünscht abgewiesen. Sie mochten sich vor den Toren Hütten bauen, das war schon öfters vorgekommen, um die Illusion zu haben, im Schatten der Bastionen geschützt zu sein, aber bald würden sie von dort vertrieben werden, ihre Hütten abgebrannt, auch das kam schon vor, damit im Schanzenvorfeld die Schusslinien freigehalten wurden. Er selbst hatte vor einiger Zeit diese Schusslinien berechnet und die Schanzen eingemessen und abgesteckt; vor drei Jahren erst hatten sie wieder ihren Wert bewiesen, als im Sommer des „Kirschenkrieges" – wie man ihn jetzt verniedlichend nannte – der Feind einen Belagerungsversuch unternahm, trotz der aufwendigen Festungsanlagen, wie sie sich nur eine Stadt von der Bedeutung und der Wirtschaftskraft Ulms leisten konnte, wenn auch auf der Kippe zum Ruin. Diese übermäßige Belastung hatte sich letztlich ausgezahlt: Das Verhängnis Magdeburgs war nicht über Ulm gekommen. Der Untergang der Stadt in Feuer, Vergewaltigung, Mord.

Doch Faulhaber wusste auch, dass dies vor allem daran lag, dass der Graf von Fürstenberg nur halbherzig die Belagerung Ulms unternommen hatte, nicht so, wie der inzwischen gefallene General Tilly und dessen Feldmarschall Pappenheim die Erstürmung Magdeburgs, die in letzter Anstrengung, von Not getrieben, den verhassten Feind bezwingen mussten oder von den heranziehenden Schweden selbst besiegt worden wären; auch hatten sie als Terrortaktik eine neue, bisher so nicht gekannte Art des Dauerbombardements mit Feuertöpfen gegen die belagerte Stadt eingesetzt. Ulm hätte sich wohl ergeben müssen, wenn der größte Teil der Stadt in Trümmern gelegen hätte, die Einwohner elendig in ihren Häusern verbrannt oder in den Kellern erstickt wären, in denen sie Schutz vor dem ständigen Beschuss gesucht hätten.

Was er über Magdeburg gehört hatte, auf welche Weise dort vor allem Frauen und Kinder durch die Feuertöpfe und Brände qualvoll zu Tode gekommen waren, hatte Faulhaber mitfühlend entsetzt und zu Überlegungen angeregt, wie dies durch Entlüftungsschächte vermieden werden könnte; er hatte Zeichnungen dazu gemacht und Modelle gebaut, wie es seine Art war, hatte sie in seiner Kunstkammer aufgestellt, hatte eine Broschüre verfasst, den „Magdenburgischen Phoenix", und mit dem Rat darüber gesprochen. Doch schon lange ging niemand so richtig auf seine Vorschläge mehr ein, er war halb abgeschrieben, der neue Mann, auf den die Stadt setzte, war Furttenbach, und der fand die Idee zwar gut, die Realisation aber zu aufwendig und nicht durchzubringen und deswegen nicht weiter zu verfolgen.

Ach ja, Furttenbach – weswegen hasste ihn dieser Mann: ein Dezennium jünger als er, ehrgeizig, talentiert, gebildet, weit gereist, erfolgreich, beliebt und geachtet – was konnte er selbst denn schon an ihm schmälern? Merkwürdig war nur, wie Furttenbach in vielem in seine Fußstapfen trat, wie er Faulhabers Ideen und Lebensstil kopierte, dabei aber alles größer und prächtiger haben musste.

Seine eigene Kunstkammer war die erste weit und breit gewesen (natürlich nicht zu vergleichen mit derjenigen der Fugger in Augsburg, aber das war in Wirklichkeit ein anderes Genre), über die Jahre hin aufgebaut, mit Modellen und Schaubildern seiner Erfindungen und Erkenntnissen, mit Sphären, Messinstrumenten, Proportionalzirkeln, mit Grund- und Aufrissen von Festungsbauwerken; nun hatte man ihm erzählt, dass Furttenbach angefangen hatte, ebenso eine Kunstkammer einzurichten, und er konnte sich vorstellen, dass diese unbedingt die seine übertreffen sollte – obwohl sie fast nicht mehr bestand, seitdem er Modelle und Pläne gegen eine jährliche Zahlung von 100 Gulden nach und nach an die Stadt abgegeben hatte – all seine Geheimnisse und Erfindungen verschwanden in den Archiven der Stadt, sein Leben selbst verschwand mit diesen...

Und Furttenbach hatte nun freien Zugang zu seinem Lebenswerk, als Baurat, dem die Verantwortung für alles übergeben worden war, was mit Planung und Bauen von Schulen, Krankenanstalten, Zeughäusern, Kornspeichern, Wasserversorgung und Brunnenwerk, Schleusen, Mühlenkanäle und Feuerwehrteichen, was mit Brandabständen und Feuerwehr, Straßenpflasterung und Brücken und vor allem natürlich mit der Erweiterung und

Unterhaltung des Festungsgürtels um die Stadt zu tun hatte.

Faulhaber versank kurz in ein Nachsinnen darüber, was Furttenbach wohl mit seinen Erfindungen anfangen konnte, mit seinen Plänen, Projekten, Berechnungen, ob er wohl irgendwann Verwendung für seine Brunnenmechaniken hätte, die er nach dem Vorbild von Salomon de Caus Heidelberger Gartenanlage weiterentwickelt hatte, ohne Auftrag, nur zu seinem eigenen Vergnügen, oder vielleicht auch für seine rasch aufbaubare, mobile Theaterbühne mit Bühnenmechanik und Drehkulissen nach italienischem Vorbild, die er zusammen mit Robert Browne und seiner englischen Schauspielergruppe entworfen hatte, die vor dem Krieg Jahr für Jahr in die Stadt gekommen waren, um ihre Stücke aufzuführen – ob Furttenbach wohl etwas Großes, Prächtiges aus diesen anfänglichen Versuchen machen konnte, von ihm selbst nicht weiterverfolgt, aus Mangel an Gelegenheit, Muse, Geld, Auftraggeber?

Doch dann wanderten seine Gedanken in die Zeiten zurück, in der er solches und ähnliches projektiert hatte, und plötzlich stellte sich die Erinnerung an ein Gespräch mit einem jungen Franzosen ein, der ihn vor rund fünfzehn Jahren besucht und mit ihm unter anderem auch über

Brunnenmechanik gesprochen hatte. Er kam von der Kaiserkrönung in Frankfurt, über Heidelberg, und hatte dort die Baustelle der Gartenanlage besichtigt, die der Winterkönig vor seinem Abenteuer mit der böhmischen Krone in seiner damaligen Residenz errichten ließ und von der seinerzeit als dem 8ten Weltwunder gesprochen wurde. Faulhaber hatte gerüchteweise viel Neugier machendes von dem Projekt gehört und war begierig darauf, aus erster Hand etwas darüber zu erfahren; so ließ er sich gerne von seinem Besucher eine genaue Beschreibung der Anlage geben – darüber, was schon vorhanden war und was noch geplant, wie sein Gast dies von dem Gartenarchitekten selbst, dem berühmten Salomon de Caus, erläutert bekommen hatte.

Monsieur Polybius, wie er sich nannte, war außerdem sehr interessiert an jeder Art von Mechanik gewesen, wie auch an seinen Erfindungen, besonders an Faulhabers Weiterentwicklung des Proportionalzirkels, von dem er behauptete, etwas Ähnliches selbst versucht zu haben; so hatten sie einen ganzen Nachmittag in seiner Kunstkammer verbracht und er hatte ihm alles gezeigt, was es zu dieser Zeit zu sehen gab – nicht so viel wie später, bei Weitem mehr als jetzt.

Der junge Gelehrte hatte ihm dann eine Art Theorie vorgetragen, wie der menschliche Körper durch Blutzufuhr und Muskelschwellung auf eine ähnliche Weise bewegt werden würde wie die Brunnengestalten, die vom pneumatischen Druck des zugeführten Wassers in lebensähnliche Bewegungen gebracht wurden, je nach Verteilung des Wasserstromes und der Stellung der Ventile. Für Faulhaber war dies eine bloße Metapher, tauglich um ein grobes Modell von mechanisch durchgeführten Bewegungsabläufen zu skizzieren, für den jungen Mann ein ernsthafter Versuch, sich die Welt zu erklären, der aber, unausgereift wie er war, Faulhaber nicht besonders überzeugte.

Was wohl aus diesem jungen Franzosen geworden war? Er hatte nie mehr etwas über seinen Besucher gehört, der ihm damals wie ein junger Genius erschienen war, von dem man noch viel erwarten konnte – doch war er wohl, wie so viele vor und nach ihm, in eine durchschnittliche Anonymität abgesunken, die Hoffnungen nicht erfüllend, die seine Freunde und er selbst sich einst auf die Eroberung von Wissenschaft und Philosophie gemacht hatten, oder, schlimmer noch, er war den Kriegswirren zum Opfer gefallen, die seitdem Landstrich um Landstrich verwüsteten.

Ja, so war es wohl geschehen, denn er war als Offizier Maximilians von Bayern bei ihm aufgetaucht, damals, als sich das Heer der katholischen Liga sammelte und später vor Ulm dem Heer der protestantischen Union gegenüberlag und die Führer in der Stadt um ein Stillhalteabkommen verhandelten – was in der Folge direkt in die Katastrophe der Schlacht am Weißen Berg führte, in welcher der alleingelassene König von Böhmen, Friedrich V, den Truppen Maximilians unterlag. Mit dem Heer des Bayern zog auch der Franzose in den Kampf, war er damals noch nicht umgekommen, dann bestimmt in einer der vielen weiteren Schlachten...

Faulhaber fühlte sich durch seine Erinnerungen eher belastet. Und auch die Gegenwart war nicht so, dass sie viel Hoffnung offenließ, fast keine für die Menschen unter ihm vor der Bastion, wenig für ihn selbst. Was war aus den messianischen Erwartungen geworden, die er aus dem Erscheinen des Kometen abgeleitet hatte? Das Reich Friedrichs war nicht gekommen. Auch das Reich Gustav Adolfs war mit dessen Tod in der Schlacht bei Lützen zur Fiktion geworden. So war auch seine zweite Prophezeiung über den endgültigen Sieg, als Huldigung an den Schwedenkönig vorgebracht, bloßes Papier gewesen. Der Löwe aus

Mitternacht, in welcher Gestalt auch immer, war nicht in Sicht.

Welches Resümee seines Lebens konnte er also ziehen? Er war erfolgreich gewesen. Er hatte sich zum geachteten Festungsexperten entwickelt, durch Fleiß, Selbststudium, Disziplin, durch Eingebung und Gnade. Er hatte es zu etwas gebracht. Die Verwirrungen seiner Jugend waren vergessen, sein Überwältigt sein durch prophetische Erkenntnisse und Erwartung der Endzeit. Er war Realist geworden. Und er war einer der besten Rechenmeister und Mathematiker seit Cardano, davon war er überzeugt, nur dieser junge Franzose, an den er gerade denken musste, hatte ihn mühelos überflügelt; und hätte selbst sein Lehrmeister sein können, wenn er, statt sein Leben dösend im Bett zu verbringen, sich hingesetzt hätte, um seine Mathematik aufzuschreiben und öffentlich zu machen...

***

Der Ort, an dem Faulhaber einst vor etwas weniger als vierhundert Jahren gestanden haben könnte, hat sich verändert. Heute markiert er nicht mehr eine Grenze zwischen drinnen und draußen, zwischen Stadt und Umland, im Alarmfall zwischen Freund und Feind – heute liegt er inmitten der größer gewordenen Stadt. Diese ist seitdem über den engen mittelalterlichen Kern hinausgewachsen, hat die alten Stadtmauern überflüssig gemacht, die Schanzenbauwerke aus Faulhabers Zeit, den Festungsgürtel einer späteren Epoche, und hat sich weit ins Umland ausgebreitet. Das alte Torhaus ist nicht mehr ein Bollwerk gegen den Feind und ein sperrbarer Eingang in die schutzbietende Siedlung, es ist ein Relikt aus einer versunkenen Epoche, der Rest eines Mauerrings, der sich in der darüber hinaus gewachsenen Stadt als historisches Bauwerk erhalten hat. Jedoch bildet dieser noch immer eine Grenzlinie im Stadtgrundriss, trennt kleine Häuschen auf schmalen Parzellen von großzügig angelegten Gründerzeitstraßen, trennt den Stop-and-go-Verkehr der in Stoßzeiten überlasteten Durchgangsstraße von den fast dörflich anmutenden kleinen Gässchen und idyllischen Hinterhofwinkeln des am Tor liegenden Viertels, dessen Straßenzüge und Straßennamen noch dieselben sind wie zu den Zeiten Faulhabers, so dass dieser sich wohl auch heute noch in ihnen zurechtgefunden hätte.

Die Stadt hat sich an diesem Ort erhalten und doch gleichzeitig vielfältig und durchgängig verändert. Die gesamte Stadt hat sich verändert. Und einen großen Anteil an dem heutigen Zustand hatte das feurige Bombardement, welches doch noch über die Stadt gekommen war, weit schrecklicher und umfassender als es sich Faulhaber in seinen heftigsten Zerstörungsfantasien je hätte ausmalen können, infernalischer als es zu seiner Epoche mit den gegenüber unseren Mitteln doch recht bescheidenen technischen Möglichkeiten des Tötens und Zerstörens durchführbar gewesen wäre.

Doch auch dies ist wiederum ein vergangenes Kapitel der Geschichte, wenn auch ans Heute durch Erzählungen von Zeitzeugen angeschlossen, wie sie mir selbst noch als Stimmen meiner Großmutter, meines Vaters oder meiner Mutter gegenwärtig sind, die von damals berichten.

Die ruinierte Stadt wurde wieder erneuert. Die Trümmergrundstücke von einst sind verschwunden, in denen ich noch als Kind umher geklettert bin, trotz der Warnung vor Blindgängern, die vielleicht noch unter den Schutthügeln liegen könnten, bisher noch nicht entdeckt und zur Explosion bereit. Auch die mir unheimliche und gleichzeitig verlockende Ruine des alten Zeughauses nahe der Mauer ist als rekonstruiertes historisches Gebäude wieder auferstanden, es steht jetzt als Erinnerungsmal für die Vergangenheit da – einschließlich des Zeitabschnittes, der für Faulhaber Gegenwart war.

Als Ingenieur für Festungswesen und Kriegshandwerk ist er hier ein- und ausgegangen, vorsorgend zur Verteidigung seiner Stadt beitragend. Und an den aufgetürmten Kanonenkugelpyramiden des Arsenals mag ihm seine Grundeinsicht über die dreidimensionale Struktur der Pyramidalzahlen, die in seinem Leben eine so gewichtige Rolle gespielt haben, zuerst und anschaulich aufgegangen sein.

Es war nicht die Ruine und nicht das wiedererrichtete Gebäude, welche mich zu dem Ingenieur und Festungsbaumeister Faulhaber führten, diese Verknüpfung stellte sich später erst her, es war ein 1915 in einem Ulmer Verlag erschienenes Buch, die „Chronik von Ulm", in dem ich auf den Rosenkreuzer Faulhaber stieß, welches mein Interesse an ihm weckte. Mit dieser Chronik ist für mich jedoch oft auch ein Anflug von Trauer verbunden, sie steigt auf, wenn ich das Buch in die Hand nehme, nicht jedes Mal, aber doch wie ein halbbewusstes Begrüßungsritual, das ihm zugehört – ich werde an die Umstände erinnert, unter denen es in meinen Besitz übergegangen ist.
Es war Teil eines Bücherstapels, den ich eines Nachmittags, in einen kleinen Rollkoffer gepackt, aus der verstaubten und verschlissenen Wohnung meiner eben verstorbenen Tante herausgetragen

habe. Mein Erbe sozusagen, welches ich aus dem Chaos einer Wohnungsauflösung gerettet habe, ausgewählt durch Zufall und Neigung, aus einer Vitrine buchstäblich vor meine Füße gefallen und als Mitnehmens wert eingeschätzt.

Ihr Ende war nicht schön gewesen – vielleicht gibt es in Wirklichkeit ja gar kein schönes Ende – sie starb im Krankenhaus, eine Woche nachdem man sie entkräftet und halb dehydriert auf dem Boden ihres Schlafzimmers entdeckt hatte. So hatte sie dort schon einige Tage gelegen, unfähig wieder aufzustehen, nachdem sie neben das Bett gefallen war. Gegen die Kälte hatte sie sich mit Zeitungspapier bedeckt, aus den Stapeln herübergezogen, die in Reichweite ihrer geschwächten Arme um das Bett aufgetürmt gewesen waren. Eine winzige alte Frau, schon im Leben zusammengeschrumpft und im Verschwinden begriffen, nun fast nicht mehr sichtbar unter dem Papierhaufen: Die schließlich doch von den Nachbarn alarmierten Polizisten, welche die Wohnung durchsuchten, übersahen sie beinahe.

Uringestank und Papierchaos waren noch da, als ich das Zimmer durchstöberte; ich kam mir wie ein Leichenfledderer vor. Doch die Wohnung musste geräumt werden, und alles, was nicht als wertvoll und Erinnerungswert mitgenommen wurde, wanderte in den Müllcontainer. So wird schließlich vieles, was ein Leben ausgemacht hat zum bloßen Abfall, unverständlich und nicht mehr dechiffrierbar für die Nachfolgenden, die nicht die Erinnerung der Toten besitzen und nicht wissen können, was die hinterlassenen Dinge diesen bedeuteten. Was steckt hinter dieser Notiz, um was geht es in dieser Zeichnung, wer ist auf diesem Foto und wo wurde es aufgenommen? Vergessen und bald nicht mehr vorhanden...

Andererseits werden Informationen und Gegenstände auch weitergereicht, von einer Generation zur anderen, wenngleich sie dabei an Informationsdichte verlieren, bilden Schichten und Ablagerungen von einst Gewesenem, an denen sich die Nachkommenden noch immer orientieren können. Auch die Chronik war auf diese Weise an meine Tante weitergegeben worden, sie stand vergessen in einer Buchvitrine, die seit dem Tod meiner Großmutter wohl nicht mehr benutzt worden war, so wie die Wohnung insgesamt über Jahrzehnte eher ein Memorial war, als ein Ort lebendiger Nutzung: Nur das Zimmer meiner Tante wurde bewohnt, der Rest schlief vor sich hin und verfiel.

Wenn Hinterlassenschaften schon nach einer Generation zum Rätsel werden können, wie erst, wenn einige weitere dahingegangen sind – dann wird das Erbe zu einem historischen Relikt, in das Abstraktum Geschichte einzuordnen, getrennt von uns nicht nur durch die inzwischen vergangene Zeit, sondern oft auch durch einen eingetretenen Wechsel der Mentalitäten.

Auf einen solchen Epochenschnitt des Mentalitätenwechsels bin ich durch den Hinweis auf das Rosenkreuzertum des Johannes Faulhabers aufmerksam geworden. Der Wechsel wird wie im Schlaglicht markiert durch eine Episode im Leben Faulhabers, in der sich die Genese einer neuen gedanklichen Ausrichtung gleich einem Realsymbol darstellt: in der Begegnung zwischen ihm und René Du Perron, einem jungen, dreiundzwanzigjährigen Franzosen, der sich ihm unter dem Pseudonym Polybius vorgestellt hatte, später bekannt und berühmt geworden als René Descartes.

Diese Konstellation war für mich der Anreiz, mich näher mit den Umständen ihres Zusammentreffens zu beschäftigen. Und die daraus folgende Entdeckung, dass das scheinbar so weit in der Vergangenheit Liegende doch viel mit mir selbst zu tun hatte, weckte noch mehr mein Interesse: Nicht nur die Örtlichkeiten waren mir vertraut, wenn sich auch vielleicht nur der Namen erhalten hat, der Ort selbst ein völlig anderer als damals geworden war, auch die Personen, denen ich dabei begegnete, schienen mir so fremd nicht. Ich wusste auf einmal, wie viele Fäden, die meine eigene Lebenstextur wirken, sich bis in diese Zeit (und weiter noch) zurückverfolgen lassen: Bei allen Abbrüchen waren wir doch noch immer in dasselbe Gewebe miteingewoben, welches Mentalität, Sitte, Umstände, Geschichte, Ideen und Gedankenformen kontinuierlich produzierten – wie lange in die Vergangenheit reichend und wie weit wohl in die Zukunft?

Das einst deutlich sichtbare, betastbare Gesicht einer realen Person löst sich im Fortgang der Zeiten auf, verschwimmt und kaleidoskopiert in unzählige Facetten, zersplittert in Fragmente und wird zu einem Gerücht, welches weitererzählt wird und sich dabei von Mund zu Mund verändert. So auch das Weiterleben eines Menschen in Texten, die sich wie von selbst generieren und in die verschiedensten Archive ablagern, ein Sediment bildend, und auf diese Weise Teil unseres überlieferten kulturellen Gedächtnisses werden. In diesem Sediment wollte ich eine Grabung vornehmen, gewissermaßen einen versuchsartigen archäologischen Stichgraben legen, der die einst gewesenen Personen finden und sie wieder ans Tageslicht bringen sollte.

Es ist eine Situation, um die es dabei geht:

24

– Eine Begegnung zwischen einem älteren und einem jüngeren Mann am Vorabend eines bald in Kampfgeschehen ausbrechenden, sich lange hinziehen werdenden Krieges

– Ein sich Abtasten zweier unterschiedlicher Zugangsstrategien zur Wirklichkeit

– Eine vergehende Epoche und eine neu aufkommende Epoche, deren Ausläufer noch immer bis in unsere Gegenwart reichen.

***

Es kann einem ja geschehen, vielleicht nur in einem höchst angeregten und erhöhten Zustand des eigenen Lebens, dass man für ein fremdes Leben empfänglich wird, sich an ein anderes, jedoch schon vergangenes und verjährtes Leben wie angeschlossen fühlt: Eine Berührung findet statt. Und nicht bloß aus der Vergangenheit fließt Einsicht und menschliche Wärme zeitaufwärts und reicht bis in die Gegenwart, auch dem längst Versunkenen wird etwas zuteil: Ein abgebrochenes Bemühen, eine verlorengegangene Erkenntnis, ein vergebliches, da nie ans Ziel gekommenes Streben wird wieder aufgegriffen und gewürdigt. Es geht dabei nicht vorrangig um wissenschaftliche Genauigkeit, obwohl ein größeres Quantum davon auch nicht schlecht wäre, es geht um den Akt des

Wiederanknüpfens: Lose Fadenenden werden wiederaufgenommen, eine Arbeit, ein Bemühen war nicht umsonst und erlebt seine Auferstehung. In einem ganz anderen Zusammenhang, unter völlig veränderten Vorzeichen, aber doch als Würdigung und Achtungsbezeugung und vor allem als Vergegenwärtigung. Faulhabers und Descartes' hypothetischer Disput berührt mich, weil ihre Positionen in mir noch lebendig sind, als noch immer einnehmbare Bewusstseinshaltungen: Diese sich gegenüberstehenden, jedoch sich eher ergänzenden als sich ausschließenden Tendenzen in meinem Denken werden zu Worten, die ich ihnen in den Mund lege. Und ich hoffe, ich tue ihnen nicht Unrecht damit, verfehle sie nicht, wenn ich sie auf diese Weise auf meine Bühne bringe. Ich glaube aber, es ist ein tiefbegründeter menschlicher Dienst, den ich ihnen dadurch leiste. Nicht nur, weil es ein Weiterauseinanderfalten ihrer Intentionen ist, die sich in ihrem Falle (besonders trifft dies auf Descartes zu) spürbar in die allgemeine Kulturgeschichte eingeschrieben haben, auf die vielfältigste Weise: Ist doch darüber hinaus das Gedenken der Nachkommenden die uns wohl einzig zugängliche Art des Weiterlebens im Geiste und die uns mögliche Art der Nicht-Sterblichkeit einer Person, so dass wir gut daran tun, uns der Vergangenheit auf diese Weise zuzuwenden und sie uns zu vergegenwärtigen. Ein Erinnerungs-dienst in diesem Sinne – so wie ich mich auch lie-bevoll und wehmütig an meinen Vater und dessen Mutter und weitere Verstorbene erinnere und ihr Andenken in mir aufleben lasse – ist auch in diese Erzählung als Kettenfaden miteingewoben, läuft ebenso immer wieder als Schussfaden quer durch das Textgewebe.

Vielleicht liege ich ja falsch, wenn ich glaube, mir ein Bild von damals machen zu können, verfehle ich die Menschen von damals, wie es mir ja auch passieren kann, dass ich heutige Menschen ver-fehle: Weil sie mir nicht liegen, weil ich nichts mit ihnen anfangen kann, weil ich zu wenig Empathie für sie aufbringe. Mag sein. Und doch fühle ich das Bedürfnis, mich ihnen auf eine Weise zu nähern, die als Möglichkeit in mir liegt: in meiner Phanta-sie, als Schriftsteller. Als Neuerfinder ihres Le-bens. Fühle ich das Bedürfnis, sie auf diese Weise wieder ins Licht der Gegenwart zu holen. Was bei einem weltberühmten Kopf wie Descartes viel-leicht anmaßend und daneben klingt, schaut man auf die uferlos gewordene Flut von Gedachtem und Geschriebenem über ihn, doch will ich mich nicht in Konkurrenz zu den vielen Arbeiten und Thesen über sein Werk und dessen Bedeutung aufstellen, ich will nur versuchen, dem jungen Mann, der er damals zur Zeit seiner Begegnung mit Faulhaber war, gerecht zu werden. Und dem gerecht werden, was seine Gedanken und deren Folgen in mir selbst ausmachen, was ich von diesen in mir selbst vorfinde. Denn ihrer Prägung wird man schwerlich entgehen können, selbst als Zeitgenosse der Nachmoderne.

Anders steht es schon mit dem Rosenkreuzertum. Doch auch da gibt es erstaunlich viele Verbindungsstränge in mir, die zu dieser Weltauffassung führen, Glaubenssätze, die mir vererbt wurden, und in deren Licht ich die Ansichten eines intelligenten Menschen des frühen 17. Jahrhunderts als seltsam vertraut erlebe. Meine schon erwähnte Großmutter war Mitglied des theosophischen, später anthroposophischen Zweiges in Ulm – als ein sich ihr tief einprägendes Erlebnis, auf das sie immer wieder zurückkam, hob sie in ihrer Lebenserzählung den persönlichen Händedruck von Rudolf Steiner hervor, der ihr auf dem Weg zu seinem öffentlichen Vortrag im Ulmer Saalbau auf der Treppe begegnet war und der jungen Frau die Hand gab. Was machte eine solche junge Seele, festverwurzelt im Ulmer Bürgertum, gegenüber der Botschaft aufgeschlossen, die er auf seinen Vortragstourneen durch Deutschland verkündete? War es neben dem zeitgenössischen modischen Hype um den großen Eingeweihten, dem Führer in geistige Welten und Wegweisenden aus den sozialen, wirtschaftlichen und geistigen Krisen, nicht auch der Nachhall und die Fortsetzung der Suche eines Kreises von Menschen, die sich drei Jahrhunderte zuvor um Faulhaber als ihren Mittelpunkt gesammelt hatten, misstrauisch beäugt von der orthodoxen Obrigkeit? Man muss nicht Vorstellungen wie die von den morphogenetischen Feldern bemühen, um einen untergründig wirkenden Zusammenhang zu vermuten, eine lokale Geneigtheit zu verinnerlichten spirituellen Welterklärungen, die sich seit den mittelalterlichen Beginen und den Brüdern des freien Geistes hartnäckig in diesem geographischen Raum festgesetzt hatten und in immer neuen Varianten auftauchten, aufgefrischt für jede folgende Generation durch neue Formulierungen und durch Anpassung an einen veränderten Kontext: wie auch in den eifrig aufgegriffenen Rosenkreuzerschriften im zweiten Dezennium des 17. Jahrhunderts.

So stelle ich nun mein Personal auf, bereite die Bühne für das Wiederaufführen einst gewesener Lebensszenen zweier historischer Persönlichkeiten, versenke mich in deren versunkene Gegenwart. Und während ich mich um die Kontur dieser Gestalten bemühe, taucht plötzlich eine weitere Figur auf, die sich in die Geschichte drängt: ein nur an wenigen Stellen belegter Zeitgenosse

beider, älterer Freund und Kummerbruder Faulhabers – Bäcker, Saufbold und Prophet: Noah Kolb.
Doch gerade weil so wenig an ihm greifbar ist,
fühle ich mich seiner Person gegenüber nicht in
derselben Rechenschaftspflicht auf historische
Genauigkeit stehend, wie ich es bei den anderen
empfinde, seine schattenhaften Umrisse füllen
sich mit Fantasien auf, werden dadurch lebendig
und farbig und erlauben es, ihn als Projektions-
fläche meines Blicks auf seine Zeit romanhaft aus-
zumalen. Willkommen, Noah, in meiner Erzählung...

II

Die Pest war in der Stadt. Die Räder der Pest-
fuhrwerke, welche die Toten auf den Straßen
auflasen oder aus den Häusern schafften, waren
mit Filz umhüllt, damit der Transport so unbe-
merkt wie möglich vor sich gehen konnte, auch
die Hufe der Karrengäule wurden mit Stoffhüllen
gedämpft. Es war Nacht, wenn sie kamen, und sie
trafen niemanden mehr auf den Straßen an, außer
den Obdachlosen, die nirgendwo einen besseren
Ort sich zu lagern gefunden hatten als auf den
wenigen freien Stellen der Stadt, den Straßen,
Plätzen und in den schmalen Gängen zwischen
den Häusern. Manche von ihnen konnten die

Leichenkarren gleich mitnehmen, sie lagen verkrümmt und mit ausgelaufenem Eiter verschmiert an der Stelle, an der sie sich hingelegt hatten, um nicht wieder aufzustehen; in einem Winkelversteck oder unter einer Abdeckung, wohin sie sich verkrochen hatten, um wenigstens im Sterben etwas von jener Würde der Privatheit zurück zu bekommen, die sie als Bettler hatten aufgeben müssen. Vor allem sie traf es am heftigsten, unterernährt und von anderen Krankheiten geschwächt, wie sie waren, ungeschützt gegen die umgehende Ansteckung. Doch auch in den Bürgerhäusern wütete der Tod. In den großen, steinernen Patrizieranwesen an den Hauptstraßen und rund um die Plätze der Stadt, mit ihren laubenganggesäumten großen Innenhöfen und den kühlenden, Tag und Nacht plätschernden Brunnen, wie in den schmalen, nur kammerbreiten Fachwerkhäusern am Ufer der Blau. An manchen Tagen zählten die Totenkärrner bis zu Hundertzwanzig Tote, die sie aus der Stadt schaffen mussten.

Die Krankheit trat überall ohne Unterschied unvermutet auf und verbreitete sich so rasch, dass sich bald die Bäckerjungen, welche die Aufgabe hatten, Sauerteig in die Häuser zu liefern, damit er dort verknetet und Brot damit gebacken werden konnte, weigerten, weiterhin die Häuser zu betreten, weil sie sich davor ängstigten, Menschen im

Todeskampf oder Leichen in den Backstuben vorzufinden. Der Rat ließ eine Verordnung anschlagen, dass der Sauerteig ab jetzt vorübergehend selbst in den Bäckereien abgeholt werden musste. Auch andere Verordnungen wurden erlassen: Es war nicht erlaubt, die Strohunterlagen der Gestorbenen, die als Krankenlager gedient hatten, einfach in die Blau zu werfen, damit das Flüsschen die flohverseuchten Strohmatratzen auflösen und wegschwemmen würde. Sie mussten vor die Tore gebracht und dort verbrannt werden. Es war ebenso verboten, die Toten anonym am Tor abzulegen, damit sie dort von den Totenfuhrleuten gefunden und aufgesammelt werden konnten. Viele befürchteten nämlich, dass sie von den andern gemieden werden würden, wenn in der Nachbarschaft bekannt wurde, dass es einen Pesttoten in ihrem Haus gegeben hatte und entsorgten heimlich die Leichen. Mit einigem Recht hatten sie Angst davor, dass sie von allem Notwendigem abgeschnitten werden würden, sie in der Quarantäne vielleicht verhungern oder verdursten könnten, bis die nachbarschaftliche Bannung wieder aufgehoben wurde. Angst, Hysterie, Unbarmherzigkeit griffen um sich. Äußerten sich in stummem Leid, in Rückzug ins Schweigen, oder in nervenzerreißenden Schreianfällen und Irrsinnshandlungen. Die Häuser glichen jetzt

Festungen, hinter deren Mauern die Bewohner sich verbarrikadierten und niemand von außerhalb hereinließen. Kein unnötiger Ausgang wurde gemacht, nur zur Besorgung des Allernotwendigsten verließ man das Haus. Doch was half es? In vielen der so abgeschotteten Häuser regte sich nach einiger Zeit kein Leben mehr. Kein Lebenszeichen drang nach außen, niemand schlüpfte mehr möglichst unauffällig aus dem Haus, um eilig Besorgungen zu machen. Die Stadtwache musste die Eingangstür aufbrechen, um nachzusehen und fand nur noch mit bläulich-schwarzen Beulen verunstaltete Leichen vor, typischerweise mit angezogenem Bein auf der Seite liegend, den Kopf verdreht und im Todeskampf erstarrt.

So war eingetreten, was der Stadtbaurat Furttenbach befürchtet hatte. Die erste Welle der Pest überrollte die Stadt bald nach dem Eintreffen der Flüchtlinge. Die Seuche ebbte zwar mit Einbruch der starken Winterkälte ab – was niemand wusste: die Überträger des Übels, die Flohpopulationen, die sich auf den zahlreichen Ratten tummelten, waren dann nicht mehr aktiv – brach jedoch mit Anbruch des Frühlings mit verstärkter Wucht wieder aus. Bis in den nächsten Winter hinein forderte sie ihre Opfer; in einer Gedenkinschrift wird vom Tod von 23.857 Menschen innerhalb zweier Jahre berichtet. Unter ihnen waren auch Faulhaber und seine Ehefrau, sowie ihr jüngster Sohn.

***

Faulhaber saß allein in seiner leergeräumten ehemaligen Kunstkammer. Seine Frau lag oben im Sterben – das Fieber hatte sie schon gepackt und würde sie nicht mehr loslassen, erst im Tode. Er wusste, auch er würde nicht überleben, auch ihn würde die Krankheit nicht verschonen. Er hatte eine Schwellung unter den Achseln ertastet, das erste Anzeichen, wie man ihm gesagt hatte, bald würde er sich neben seine Frau legen um gleich ihr seinen Atem auszuröcheln. Er hoffte auf einen gnädigen Tod, doch dieses Übel erlaubte keinen würdigen Übergang. Nicht so, wie er es für sich im Voraus schon oft imaginiert hatte, die Kunst des Sterbens einübend, Ars moriendi...
Nein, kunstvoll war dabei nichts, kein bewusster Übertritt in eine umfassendere Realität, wie versprochen. Der Körper zerschmolz zu einer Beulenungestalt, während der Geist noch in ihm wohnte, der dann aber bald ins Delirium abdriftete. Dort erwartete ihn die fiebrige Hölle oder das klare Licht des Paradieses, je nach Befürchtung oder Hoffnung. Im Pirmander und in anderen hermetischen Schriften hatte er den Stufenweg der

34

Seele nach dem Tode studiert, damit er vorbereitet war, hatte sich die Stationen der Seelenreise durch die sieben Planetensphären eingeprägt: die Begegnung mit den Planetengöttern oder -engeln, den Spiralgang durch den Kosmos zur Polarachse, über welche die letzte Schranke überwunden werden konnte, bis in das Reich des reinen Geistes – das war seine Gnosis, darauf setzte er. Doch was er von außen vom Elend dieser Art des Sterbens wahrnahm ängstigte ihn: Was stand ihm bevor, als sein eigenes Erleben dabei? So wie der Zweifel über die reale Existenz von Planetensphären seit Kopernikus und Giordano Bruno aufgekommen war, so konnte man auch die innere Sphärenreise in Zweifel ziehen: Was geschah wirklich? Ehe es zu seiner Auflösung im Fieber kam, wollte er noch einmal sich selbst zusammenfassen, vor sich selbst als sein eigener Richter stehen – wollte sich vor sich selbst verantworten, solange er noch bei klarem Bewusstsein und dazu fähig war.

Sein Leben ging dem Ende zu: Seine Möglichkeiten zu wirken hatte er ausgeschöpft. Vor einem Monat war sein Vertrag mit der Stadt abgelaufen und nicht mehr verlängert worden. Eine neue Aufgabe sah er nicht mehr vor sich. Der Krieg hatte ihn ernährt und konnte es jetzt, im allgemeinen Ruin, nicht mehr tun. Also stand er am Ende seiner Reise und ging in Zustimmung, obwohl ihn das Schicksal seiner Kinder bekümmerte: Wie sie wohl ohne ihre sorgenden Eltern zurechtkamen? Doch sie waren weit älter, als er selbst damals beim Tod seines eigenen Vaters gewesen war, und wenn sie das Wüten der Pest überstanden, dann hatten sie vielleicht eine weite, offene Zukunft vor sich, gesichert auch durch seinen Lebenserwerb. Und hoffentlich ohne Krieg, der ja scheinbar beendet war, nachdem die Schweden geschlagen waren und Kaiser Ferdinand die Friedensbedingungen nach Gutdünken hatte diktieren können, es der protestantischen Gegenpartei nur übrigblieb, diese anzunehmen, ohne große Gegenwehr. Doch ihn betraf das nicht mehr.

Es fiel ihm schwer, sich in den Zustand des Gleichmutes zu versetzen, der objektivierenden Gleichgültigkeit, welches notwendig war, um seinem Leben wirklich gerecht zu werden, es ohne hinderliche Scham – ohne Verleugnen seiner dunklen Anzweiflungen oder Bevorzugung seiner lichten Augenblicke – wie darüber schwebend zu betrachten. Wichtiges und Nebensächliches wirbelten durcheinander, so wie sie sich zufällig einstellten, ungeordnet aus seiner Erinnerung aufstiegen. Spürte er etwa schon die Ankündigung des Fiebers? Doch die vielen Stunden seines am

Alchemistenofen in meditativer Versenkung verbrachten Praktizierens der hermetischen Kunst
halfen ihm nun, seine Gedankenflucht in eine ge-
ordnete Folge zu dämpfen, wie er es zu tun
pflegte, wenn er die Stufen der Umwandlung der
Materie nachvollzog: konzentriert aufmerksam,
von störenden äußeren Einflüssen unberührt, den
Prozess beobachtend und mit Gedankenbildern
begleitend, mit Gebeten und Sprüchen sein Selbst
mit dem Vorgang synchronisierend, sich selbst
dabei gewahr. Diesen Zustand wollte er auch jetzt
erreichen und allmählich gelang es ihm.

Er glaubte, so wie er oft durch das sich Vorstellen
einer Folge von Räumen mit dort aufgestellten
Statuen und an den Wänden hängenden Bildern
sein Erinnerungsvermögen fixiert und verstärkt
hatte, indem er das sich zu Merkende mit den
imaginierten Objekten verband, nun auch einen
gegenteiligen Prozess in Gang setzen zu können,
der ihm seine halb oder ganz vergessene, vergra-
bene Vergangenheit wiederbrachte, ihn in den Bil-
dersaal seines Gedächtnisses führen würde: dorthin, wo seine Erinnerungen auf ihn warteten.

In Gedanken betrat er den Gedächtnispalast, zu
welchem er sein Vorstellungsbild von der Raum-
folge im Laufe der Jahre ausgebaut hatte, durch
das Eingangstor, einem Triumphbogen, an dem

jedoch nicht Heldentaten römischer Feldherren verherrlicht wurden, sondern durch Statuen und Reliefs symbolisch auf Naturreiche und Wissensgebiete hingewiesen wurde, als Auftakt und zur Einstimmung auf seine Erinnerungstour. Ein relativ kleiner, quadratischer, weiß gekalkter Vorraum lag dahinter, durch vier Doppelsäulen aus rötlichem Marmor in den Ecken gegliedert, jede Säule mit jeweils einem der sieben Planetensymbole gekennzeichnet, als achtes kam das Zeichen der Erde hinzu. An den Säulen waren längliche Wachstafeln angebracht, auf denen er sich gedanklich notierte, was nur für kurze Zeit zu merken war, wie etwa Einkaufslisten für den Markt, die er nach Erledigung des Einkaufs durch Darüberstreichen wieder löschte.

Ein nächstes, eigentliches Tor führte in den Haupttrakt, eine langgestreckte, hohe Halle. Diese glich einem Kirchenlängsschiff, hatte jedoch kein gotisches Gewölbe als Abschluss, wie das Münster etwa, sondern ihre Decke, die sich in der Höhe verlor und von ihm nur undeutlich wahrgenommen wurde, war mehr der flachen, reichverzierten Decke im Goldenen Saal des Augsburger Rathauses ähnlich, dessen Errichtung durch Elias Holl er bei seinen Aufenthalten in der Stadt mitverfolgt hatte. Seinen Gedächtnispalast – aber man sollte ihn eher mit einem Klosterkomplex vergleichen, als mit einem Palast, da sein Hauptelement, von dem alle Nebenanlagen erschlossen wurden, wie gesagt, einem Kirchenschiff glich – hatte er nicht nur deshalb ausgebaut, um sich etwas schnell einzuprägen. Dazu diente der kleine Vorraum. Auch nicht nur, um sich komplizierte Formeln und lange Zahlenreihen gut merken und jederzeit wieder aufrufen zu können (hier halfen ihm die teilweise skurrilen Figuren und Objekte, die er in den einzelnen Räumen aufgestellt hatte und deren Ablesen nach der Methode Giordano Brunos), sondern auch, um seinem gesamten Wissen eine ordnende Struktur zu geben, die zur Überschau diente und wie eine imaginäre Kunstkammer alles versammelte, was es wert war, vorgestellt und erinnert zu werden.

Die Ordnung der Welt bildete sich in der Ordnung des Wissens ab. Der Ordnung des Wissens entsprach die Ordnung der Anlage. Erinnerung war mehr als sich etwas gemerkt zu haben. Im Erinnern lag ein Geheimnis: die Welt war innen, nicht außen. Auf eine Art, die zum Ursprung führte: Als der menschliche Geist noch mit den Urbildern unmittelbar verbunden war, Namen und Begriffe noch die Realität waren, keine Schatten, wie heute seine dünnen Gedankenfäden. Die er immerhin auf diese Weise als Vorstellungsbilder im Gedächtnis lebendig erhielt, näher dem Leben als nur auf ein Blatt Papier notiert. Näher dem eigentlichen Erinnern, dem Erinnern an den Ursprungszustand von allem und ihm selbst, jener Gabe der Göttin Mnemosyne, welche ihn hinter den Schleier des grundlegenden Vergessens zurückführen konnte. In das, was vor all dem war, an das er sich jetzt noch erinnerte. Das war seine Überzeugung.

Links und rechts gingen vom zentralen Hauptraum Flure ab, die zu Abteilungen führten, die jeweils einem Bereich zugeordnet waren. Kammern, Säle, Rotunden, Höfe und sogar Gärten mit Pavillons bildeten größere oder kleinere Komplexe, je nach Umfang des Wissens, welches darin gespeichert wurde, eine Matrix zur Ablage von zu Merkendem. Und je nach Bedarf wurde erweitert. Am besten ausgebaut war der Bereich, in dem er sein mathematisches Wissen gesammelt hatte, jede Formel und deren Ableitung, mit der er sich je beschäftigt oder die er selbst entwickelt hatte, jede figurierte Zahl und deren Aufbau, jeder Lösungsweg seiner Rechenrätsel, jede prophetische Zahl und ihre Auflösung. Diesem Komplex hatte er die Farbe Blau zugeordnet, ein blaues Portalrelief rahmte den Zugang ein.
Doch trat er weder durch diese Türöffnung noch betrat er einen der anderen, durch unterschiedliche Farben gekennzeichneten Bereiche. Sonst

pflegte er von Zeit zu Zeit die ganze Anlage zu durchwandern, um seine aufgebauten Vorstellungsbilder aufzufrischen und vor dem Verblassen zu bewahren. Diesmal ging er eilig geradeaus, bis er fast am Ende der Halle vor einem noch ungegliederten Abschnitt der rechten Längswand stand. Hier dachte er sich eine Türöffnung, nicht reich verziert und ausgearbeitet wie die anderen, sondern schlicht, ein Treppengang lag dahinter. Steile Stufen führten in die Tiefe, führten zu einer Tür, hinter der er sich einen bisher unerschlossenen Teil des weitläufigen Gebäudes imaginierte, den er dem Komplex dadurch hinzufügte. Dort war alles neu und unvertraut und noch nicht mit Merkversen beschriftet und mit Schaubildern behängt wie im übrigen Bauwerk. Er stellte sich einen lichten, mit frühlingsgrünen Zweigen ausgeschmückten längeren Korridor vor, der von einer kleinen, geschlossenen Pforte zu einem spaltweise geöffneten großen Tor führte und an dessen Wänden eine Reihe von Gemälden angebracht war. Diese Bilder wollte er sich nun genauer anschauen, sie sollten ihm seine vergangenen Lebensstationen aufrufen, ihm die Quellen seiner Erinnerung erschließen.

Noch waren die Gemälde unbestimmt und verschwommen, wie oft in einem Traum, in dem man manches auch nur so wie im Allgemeinen erfasst,

41

nicht im Detail, doch suchte er sich ein Bild nahe des Zuganges aus und betrachtete es genauer. Und es gelang ihm auch, dass sich das Gemälde aufklarte und mit Inhalt füllte.

Zuerst fiel ihm ein Gewebe auf, es entstand vor seinen Augen, während er es besah: Kette und Schuss und Kette und Kette, ein Muster bildete sich und hingebungsvoll beobachtete der kleine Junge, der er war, den Vorgang. Ein rhythmisches Schlagen und Rascheln erfüllte den Raum um ihn, fast wie Musik. Ein Webstuhl in einer Werkstatt, die längst vergangene seines Vaters, welche seine Mutter allein weiterführen musste, nachdem dieser so früh gestorben war. Dies war der Augenblick, in dem ihm wie lichtüberglänzt zum ersten Mal ein Geheimnis aufgegangen war: Dass Gewebe und Muster einer Regel folgten, durch welche sie erzeugt wurden und dass vielleicht alles nach solchen Regeln gewirkt war und auch, dass man die Regel durch das Muster finden könne. Man band fünf Kettenfäden zusammen und ließ einen aus und wieder fünf und wiederholte es mehrmals und wechselte dann beim nächsten Schussfaden zu einer anderen Folge, bis sich allmählich das gewirkte Tuch zeigte.
Eine Erkenntnis, die vor Augen lag. Unmittelbar greifbar. Und wie ein Blitz über ihn gekommen.

Durch diesen Augenblick war er für die Rechenkunst gewonnen, das wusste er nun, er hatte in allem immer das Gewirkte aufspüren wollen, wie etwas durch Zahl und Anordnung und Überlagerung gefügt war und in jedem Vorgang durch Hinzufügen und Wegnehmen, Verbinden und Trennen eine nächste Stufe erreicht wurde, in der wiederum weitere Operationen möglich und notwendig waren. So war Mathematik. Und Mathematik war in allem.

Die tiefe Erregung dieses lichten Offenbarungsaugenblickes hatte ihn sein ganzes Leben hindurch begleitet und getragen, das wusste er nun, wenn auch zu oft vergessen und verdrängt. Er hatte immer wieder nach einer Neuauflage dieses Erlebnisses gesucht und in seltenen Momenten auch gefunden, doch niemals mehr so ganz und gar überwältigend wie in diesem ersten Erleben, nur wie ein Echo und eine sehnsuchtserzeugte Reprise. Nun war plötzlich auch ein Geruch da, die frisch aufgeschnittenen Baumwollballen aus Venedig rochen so, er spürte wieder die Weichheit und Nachgiebigkeit der Flocken, die seine Kinderhände betasteten, hörte das Singen seiner Mutter am Webrahmen, die den Arbeitstakt damit begleitete, und fühlte eine große Wärme und ein starkes Hingezogen sein zu ihr und zur Tröstung, die er von ihr bekam, wenn er sich an sie schmiegte.

Gerne hätte er sich in dieses Gefühl eingenistet, geborgen und beschützt wie ein Küken unter den Flügeln der Mutterhenne, doch war ihm bewusst, er musste den ganzen Bogen seines Lebens durchlaufen, Station um Station, musste daher weitergehen, so nahm er Abschied von seiner Kindheit. In Dankbarkeit und auch mit einem leisen Bedauern darüber, nicht in diesem Zustand verblieben zu sein, doch war dies niemandem vergönnt, und wenn, dann unglücklicherweise auf Kosten des Wachsens und reifer Werdens.

Er brauchte sich nicht ein weiteres Bild vorzustellen, die Szene wechselte wie von selbst, folgend einer inneren Logik oder auch nur einer Assoziationsverknüpfung, wie sich Erinnerung an Erinnerung anschließt. So wie sich, nach einer alten Bildmetapher, durch das Angeln eines ersten Fisches viele weitere aus dem Wasser ziehen lassen, wenn diese eine Kette bilden, der Schwanz des Vorgängers im Maul des Nachfolgenden, festgebissen und aufgereiht. Diesmal war es nicht sein Auge, es war sein Ohr, welches ihm die Erinnerungsszene öffnete.

***

Wie in einem feierlichen Schreiten zogen die Glockenschläge durch die Gasse, die direkt zum Vorplatz des Münsters führte. Von oben, von unten, von überall her durchwoben die mächtigen Klänge die enge, mit Modellen, Geräten, Himmelssphären, Schaubildern und Büchern vollgestellte Stube, durchpulsten das Haus im wiegenden Rhythmus und bedeckten mit einem Teppich aus Klingen und Schwingen und Dröhnen und Schwirren das Häusergewimmel rund um das Gebirge aus Strebepfeilern und steinernem Maßwerk, gipfelnd in der Turmwächterwohnung, das diese bürgerliche Welt, welche die Glocken beschallten, weit unter sich ließ. Es war ein tönendes Gefüge und Gewebe, immateriell, doch so real, so präsent wie irgendeines der Barchenttücher, die er in seiner frühesten Kindheit mit gebanntem Blick am Webstuhl seiner Mutter hatte entstehen sehen. Und auch jetzt war er in einer Art Bannung, doch nicht als Zwang erlebt, sondern als ein befreiendes Herausheben aus den gewöhnlichen Unzulänglichkeiten der normalen, schattenhaften Existenz. Die Klänge, die ihn durchströmten, lenkten ihn nicht ab von der Erkenntnis, die ihm gerade aufgeleuchtet war, sondern bekräftigten die Evidenz seiner Einsicht. Die Zahlen sprachen zu ihm. Eine Offenbarung. Plötzlich schien alles so offensichtlich, so klar vor ihm zu liegen, er brauchte nur diesen Augenblick in Worte zu fassen, in eine

Formel zu bringen, und der Beweis wäre unumstößlich festgehalten.

Ein lästiger kleiner Teil seines Denkens wollte ihn daran erinnern, dass die Glocken des Münsters zur Predigt und zum Abendmahl riefen, der größere Teil jedoch verweigerte sich der Mahnung und beschäftigte sich in Hochform und in Hochgeschwindigkeit mit der Auseinanderfaltung der prophetischen Zahl, die er lange schon studiert hatte, ohne ihr bisher so nahe gekommen zu sein. Keine Zeit für etwas anders. Unwirsch und nur halbbewusst winkte Faulhaber der Magd ab, die ihm auffordernd seinen Hut und seinen Stock hinhielt und ihn damit zum Aufbruch bewegen wollte. Es war nur ein kurzer Weg von seinem Haus im Schatten des übermächtigen Turmes und des hochaufragenden Kirchdaches zum Seitenportal neben der Münsterbauhütte, er hätte noch eilig hineinschlüpfen können, um rechtzeitig seinen Platz im Kirchenschiff einzunehmen. Es wurde genau vermerkt und nicht gerne gesehen, fehlte man in der Gemeinde, aber das, was er jetzt verspürte war wichtiger als solche eingeforderte Teilnahme und, seinem geheimen Glauben gemäß, ebenso heilig oder sogar näher dem Heiligen, als ein sinnbildliches Erinnerungsmahl an einen tröstenden, sich zur Opferung vorbereitenden Gott. Hier, im Jetzt, war er bei diesem Gott, war ihm das

46

Göttliche gegenwärtig. Das war seine Grundüberzeugung, die ihn davon abhielt, die reale Kommunion mit dieser Sphäre um einer bloß symbolischen willen abzubrechen. Und wie hätte er das auch tun können – so völlig emporgetragen von seinem innerlichen Jubel über die Lösung, die ihm aufgegangen war.

Faulhaber hatte sich in letzter Zeit intensiv mit den Figurierten Zahlen befasst, so genannt, weil sie in einer Figur ausgelegt werden konnten. Schon den Pythagoreern waren sie bekannt, für sie enthielten sie das Mysterium der auf Zahlen aufgebauten Welt. Ihre Heiligen Zahlen waren die des Zahlendreiecks, in welchem die ersten zehn in einer Dreiecksform angeordnet werden, mit der Eins als Spitze, Zwei und Drei folgend, Vier, Fünf, Sechs in der dritten Reihe, Sieben bis Zehn in der vierten Reihe als Basis.

Diese Ordnung kann nun beliebig fortgesetzt werden, nach der Regel, jeweils eine natürliche Zahl in der nächsten Zahlenfolge hinzuzufügen, so dass die Anzahl der Zahlen in der jeweiligen Reihe deren Zeilennummerierung entspricht. Vier Zahlen in der vierten Reihe, fünf Zahlen in der fünften Reihe usw. Es gibt jedoch noch weitere Figuren außer dem Dreieck – Quadrat, Rechteck, Fünfeck, Sechseck, Siebeneck etc. – die dadurch entstehen, dass man statt nur einer Zahl in sich erhöhender Folge jeweils zwei, drei oder mehr Einheiten hinzufügt. So figurieren sich Polygone, weswegen ihre Endsummen auch Polygonalzahlen genannt werden. Außerdem können diese zu Figuren angeordneten Zahlenfolgen auch in eine dreidimensionale Form gebracht werden, das flächige Dreieck wird zur Dreieckspyramide, dem Tetraeder, das Quadrat zur Pyramide auf quadratischem Grundriss und so fort. Die Summe aller in einem solchen Pyramidenkörper enthaltenen Raumpunkte, vorstellbar wie die aufeinander geschichteten Kanonenkugeln im Zeughaus, heißt Pyramiden- oder Pyramidalzahl. Und die Pyramidalzahl 666 (und weitere Zahlen, die in der Apokalypse erwähnt werden) hatte er untersucht.

Da er eine allgemeingültige Gleichung für sie gefunden hatte, löste er sich bald von der Anschaulichkeit der Raumkörper und abstrahierte den Vorgang in eine rein algebraische Rechnung, oder, wie man damals sagte, in eine Rechnung der Coss. So konnte er rationale oder sogar irrationale Zahlen als Stufenschritte einsetzen, um eine bestimmte Variante zu erreichen und seinen Gegenstand mathematisch zu durchleuchten. Er war überzeugt, auf diese Weise das Geheimnis der apokalyptischen Zahl des Tieres tiefer als sonst jemand vor ihm ergründet zu haben. Biblischer Text, mathematische Struktur und Verfahrensweisen der Kabbala wurden von ihm aufeinander bezogen, kombiniert und in meditativer Versenkung ausgeleuchtet, bis der erhellende Blitz der Intuition ihm ein Ergebnis schenkte. Das war die Evidenz, die er suchte.

III

Weber zu sein hatte einmal etwas bedeutet. Doch schon zu der Zeit von Faulhabers Kindheit war das lange her. Zu viele Weber produzierten zu viel von demselben: Ihr Tuch, einst überall begehrt, fand nicht mehr den Absatz wie notwendig, um alle zu ernähren. Und zu den viel zu vielen Webern der Stadt kamen die Bauernweber dazu, die auf dem Land in ihren Stuben Webstühle in Betrieb hatten, auf der Alb, im Ried, im Ulmer Winkel; die von den städtischen Zünften nicht kontrolliert werden konnten und ihre Billigwaren ebenso auf dem Ulmer Markt anboten – vergeblich der Versuch, dies zu unterbinden. Für Faulhaber hatte Weber zu sein keine Zukunft gehabt. Doch in einer immer noch von mittelalterlichen Zunftregeln geprägten Stadt wie Ulm gab es fast keine Alternativen zu dem ererbten, durch Geburt zugewiesenen Beruf. Weberkinder wurden Weber. Und er war ein Weberkind.

Jedoch hatte er eine Begabung, die ihn schon als Jugendlichen aus seiner Umgebung heraushob: Seine Freude war das Aufstellen und Lösen von Rechenaufgaben; von Aufgaben, in denen ein Maß oder eine Zahl herauszufinden war, abhängig von gegebenen Werten, die das Ergebnis zwar nicht direkt, aber über Umwege eindeutig lösbar machten. Voller Stolz erinnerte er sich noch jetzt, nach vierzig Jahren, an eine der ersten Aufgaben dieser Art, die er für sich ausgetüftelt hatte.

Er war gerade 15 Jahre alt und bei der Arbeit in der mütterlichen Werkstatt beschäftigte ihn weniger die dafür notwendigen, mechanisch ausgeführten Handgriffe als mathematische Probleme, die er, während er am Webstuhl saß, in Gedanken konstruierte und ausformulierte. So überlegte er sich, mit wie vielen Schöpfvorgängen ein rechteckiger Kupferkessel von bekannter Abmessung, zu dreiviertel mit Wasser gefüllt, geleert werden könne, wenn das Schöpfgefäß ein Prisma war, mit festgelegtem dreieckigen Grundriss und einer gegebenen Höhe. Mit dieser und ähnlichen Denkaufgaben ging er zu Meister David Seltzlin, dem damaligen Rechenmeister von Ulm, ebenso bekannt auch außerhalb der Stadt als Kartograf, und legte ihm vor, was er sich ausgedacht hatte.

Seltzlin war beeindruckt. Er testete den Jungen und gab ihm seinerseits knifflige Aufgaben zu lösen, nicht zu schwer (keine Gleichungen mit Kubikwurzeln oder mit mehr als einer Unbekannten), doch für einen Jugendlichen aus der Weberzunft neu und normalerweise über dessen Horizont. Faulhaber löste die Aufgaben. Er brauchte seine Zeit, bis er begriffen hatte, um was es dabei ging – die Gedankengänge waren ähnlich wie diejenigen, die er sich selbst ausgedacht hatte, die Formulierung jedoch war für ihn ungewohnt – als er sie jedoch in seine eigene Sprache übersetzt hatte verstand er und fand die Lösungswege. Seltzlin sprach daraufhin mit der Mutter des Jungen. Ob sie ihren Sohn nicht ihm in die Lehre geben wolle, er hätte das Talent zu einem Rechenmeister und könnte diese Profession bei ihm lernen.

So wurde Faulhaber Lehrling bei Seltzlin. Wurde Rechenmeister und kein Weber. Denn auch Weber hätte er zu Hause nicht auf die richtige, zunftgemäße Weise werden können, nachdem sein Vater, der Meister, verstorben war und er keinen regulären Unterricht von ihm bekommen konnte, nur seiner Mutter und den Knechten Handwerkskniffe abschaute. Das war ein schicksalhafter Spurwechsel, der ihn auf eine ganz andere als die ihm normalerweise vorgezeichnete Bahn brachte, ungewöhnlich, wie gesagt, für jemanden seines Herkommens. Er konnte aus seinem Stand herausspringen, konnte Dinge lernen und Erfahrungen machen, die sonst nicht in seiner Reichweite gelegen hätten. Konnte sich Ideen aneignen und kam mit Vorstellungen in Berührung, die ihn zu einem Gebildeten seiner Zeit machten, auch ohne dass er auf eine Lateinschule gegangen wäre oder studiert hätte. Was ihm in mancher Hinsicht doch wiederum fehlte, so in Bezug auf Kenntnis des Lateinischen, welches er sich erst im fortgeschrittenen Alter mühsam im Selbststudium aneignete (genauso wie Niederländisch, Französisch, Italienisch). Auf hässliche Weise wurde ihm im Kometenstreit seine Herkunft und die damit unterstellte Unbildung vorgehalten, wurde ihm als Anmaßung zum Vorwurf gemacht, was doch Lebensleistung war: Sich selbst aus der Enge dieser Herkunft zu befreien.

Noah gelang dies nie. Nur in Gedanken überflog er die Grenzen seiner sozialen Beschränkung, beflügelt von der Idee einer grundsätzlichen Gleichheit aller Menschen vor Gott, nur unterschieden in Bezug auf Gesinnung und Entwicklungsstand. Er sah sich immer als Bäcker gekennzeichnet und behandelt, genauer: als nachlässigen Bäcker, und darüber hinaus als Trunkenbold abgestempelt.

Als Faulhaber dieses in den Sinn kam, war damit die Erinnerung an Noah aufgestiegen, aus längst vergangenen, lange verdrängten Zeiten.

Noah! Mit dem Klang seines Namens eröffnete sich in einem Wimpernschlag eine neue Szene: Er und Noah saßen zusammen im Hof der Schule, hatten zwei Stühle aus der Schulstube dorthin getragen, und redeten sich die Köpfe heiß, während die Dämmerung der Sommernacht, von ihnen kaum beachtet, den Hof mehr und mehr in Besitz nahm, bis sie in der Dunkelheit ihren Gegenüber nicht mehr erkennen konnten. Es ging um Geschichte, das Weltgericht, Gerechtigkeit schon im Leben oder erst im Nachtod, Prophezeiungen, Träume, ebenso um Männersachen…

Es war ein schmerzliches Erinnern, vom Ende her gesehen. Doch damals war ihm alles als Aufbruch erschienen, hin zu einer verheißungsvollen Zukunft.

Das Jahr 1604 war sein Jahr gewesen. Ein Jahr der sich ankündigenden Erneuerung; doch nicht nur für ihn allein, für die ganze Welt, davon war er fest überzeugt. In diesem Jahr wurde sein Sohn Johann Matthäus geboren, der älteste, und schon das war ein Wunder (er hielt das Neugeborene in seinem Arm, wie schön es war… und wie zerbrechlich…). Dann erschien seine erste Schrift im Druck, der

„Arithmetisch Cubiccossischer Lustgarten… durch Johann Faulhabern, Rechenmeister und Modisten in Ulm". Und wie stolz war er gewesen, als er ein druckfrisches Exemplar in Händen hielt und es herumreichen konnte! Im gleichen Jahr wurde er von den Ulmer Meistersingern aufgenommen und komponierte fünf Meistersingerweisen, ganz nach alter Art und gleichzeitig neu erfunden (das Geheimnis der himmlischen Harmonien und der sieben Stufen der Apokalypse in ihnen verborgen), schade, dass er sie auf Anraten seines Nürnberger Freundes Sebastian Kurz schließlich doch nicht veröffentlicht hatte, sie wären es wert gewesen, dieser Meinung war er immer noch.

1604 war auch das Jahr einer unerwarteten Wundererscheinung am Himmel. Ein neuer Stern tauchte wie aus dem Nichts am nächtlichen Firmament auf, dort, wo vorher noch kein Lichtfunken gesichtet worden war, im Sternbild des Schlangenträgers. Stella Nova. Wunderding am Himmel, zuvor noch nie beobachtet. Und konnte eigentlich nicht sein, entsprechend der antiken Lehre des Ptolemäus, nach der die Sterne unveränderlich an der äußersten, der achten Himmelssphäre fixiert waren, die Grenze markierend zwischen dem erschaffenen Kosmos, in dem Bewegung und (unterhalb des Mondes) auch Veränderung vorkamen, und dem unveränderlich Ewigen jenseits davon. Wie da ein neues Gestirn? Es musste eine Botschaft sein, geschaffen zur Kommunikation mit den dafür Vorbereiteten, dafür Empfänglichen, welche die Zeichen am Himmel lesen konnten. Und bedeuten konnte es eigentlich nur eines: Erneuerung. Wahre, grundlegende Reformation. Wie sein großer Kollege Kepler in seiner Schrift davon geschrieben hatte. Auch gaben die Rosenkreuzer später an, damals das Grab des Christian Rosenkreuz aufgefunden zu haben. In diesem Jahr des neuen Sternes traf er Noah Kolb zum ersten Mal.

Er erinnerte sich wieder an diese erste Begegnung. Ulm war eine überschaubare Stadt, irgendwie hörte man im Laufe der Zeit über fast jeden Mitbürger irgendetwas, wusste jeder vom Hörensagen über beinahe alle anderen gerüchtweise Bescheid, doch hieß das nicht, dass man jeden auch persönlich kannte, dazu war die Stadt wiederum zu groß. So war ihm Noah bisher noch nicht über den Weg gelaufen, doch verband er schon etwas mit dessen Namen. Es hieß von ihm, er sei zu sehr dem Alkohol zugetan und ein unzuverlässiger Bäcker, dessen Brot nicht immer gleich gut oder vom gleichen Gewicht war, einer, der schwärmerische Reden über Bibelstellen hielt und gleichzeitig den Frauen nachlief. Als er auf der Suche nach brauchbaren Räumen für seinen Unterricht war – er hatte zwar schon in der Platzgasse 4 sein Haus, in Nachbarschaft zum Münster, welches aber zu klein war, um dort für zeitweilig über zweihundertfünfzig Schüler anständig Schule halten zu können – gab ihm ein Bekannter den Rat, sich an Noah Kolb zu wenden, der ein nahezu leerstehendes Haus mit genügend Zimmern besaß, welches er einsiedlerartig allein bewohnte, ungewöhnlich für eine dichtbevölkerte Stadt, in der Häuser eher überbelegt waren.

Faulhaber war zu diesem Zeitpunkt vierundzwanzig, war jung und idealistisch, noch immer träumerisch und grüblerisch gestimmt, blickte einerseits hoffnungsfroh in die Zukunft und teilte gleichzeitig die Unsicherheit und Ängste seiner Zeitgenossen vor dem, was sie wohl alle erwartete. Er hatte eine Familie gegründet, war anerkannt in seinem Beruf als Schulmeister, studierte fleißig Bücher, schrieb ebenso welche, und war dabei, sich einen Namen unter den Mathematikern zu machen. Er war nicht gerade von großer Statur, doch schlank und behände (obgleich er später zur Beleibtheit neigte, massiger und bedächtiger wurde); er war lebhaft – wenn er sprach, redeten seine Hände mit. Etwas, was seine Herkunft aus dem einfachen Stand verriet, den bei Adeligen und Bürgerlichen der Oberschicht galt gravitätische

Zurückhaltung in allen Dingen als angemessen, Impulsivität und emotionale Äußerungen, heftige Bewegungen und lautes Reden als vulgär und kennzeichnend für die Unterschicht. Sein etwas weiches Gesicht, umrahmt von dünnem, dunkelbraunem Haar, offenbarten ein empfindsames Gemüt, welches mehr zur Innerlichkeit und vertiefender Frömmigkeit neigte als zur Schaustellung religiöser Rechtgläubigkeit.

Noah war äußerlich (und wohl auch innerlich) das genaue Gegenteil von ihm: groß, blond, markante Gesichtszüge (Faulhabers Gesicht wirkte manchmal eher verschwommen rundlich und damit kindlich) – mit volltönender Stimme und einer imponierenden Haltung, die ihm von der Natur mitgegeben worden war. Jedoch verstanden sie sich vom ersten Augenblick ihrer Begegnung an, und das lag vielleicht gerade an ihrer Gegensätzlichkeit, bei gleichzeitig grundlegenden Gemeinsamkeiten: Beide kamen sie aus engen, einfachen Verhältnissen, beide hatten sie den Ehrgeiz, diese hinter sich zu lassen und Anschluss an eine weitläufigere, umfassendere Welt zu finden – die des Wissens. Der Gemeinschaft der Wissenden. Nicht die der sogenannten Schriftgelehrten, dazu spürten sie beide keine große Neigung, doch die des Wissens, welches zwar geheim genannt wurde, aber trotzdem jedem zugänglich war, der sich darum bemühte. Eines Wissens, welches ihnen die Welt erklären konnte, die ihnen vor Augen lag und doch verschlossen war, wenn man sie nur mit Alltagsaugen anschaute, sich mit dem oberflächlichen Augenschein begnügte. Dieses Wissen nährte sich aus den Schriften Paracelsus' und folgte der hermetischen Philosophie.

Faulhaber bewunderte Noah wegen seines Auftretens und seiner Erscheinung, Noah diesen wegen seinen intellektuellen Fähigkeiten, seinem offensichtlichen Genie im Umgang mit Zahlen und Gleichungen und seinem Lesehunger, den dieser schon zu diesem Zeitpunkt ausgeprägt entwickelt hatte, obwohl er noch nicht die Mittel besaß, wie später, sich genug Lesestoff zu besorgen, auf der Frankfurter Buchmesse oder aus den Niederlanden.

Auch Noah war ein eifriger Leser, hielt sich aber an nur wenige Bücher, die er wie Schätze hütete und umso intensiver immer wieder studierte. Darunter war selbstverständlich und an erster Stelle die Bibel, dort vor allem die Johannesapokalypse und die Abschnitte bei Daniel, die sich auf die vier Reiche und das Weltende bezogen, auf das Weltgericht am Ende der Zeiten. Als sich Faulhaber bei Kolb einmietete, war Noah beinahe doppelt so alt wie dieser und damit nicht mehr in seinen jungen

Jahren, wie man von Faulhaber noch sagen konnte. Er war zwar nicht verbittert, doch realisierte er allmählich, dass sich sein Leben nicht mehr entscheidend verändern würde, und wenn, dann eher zum Schlechten. Von daher hatte sich eine gewisse Resignation bei ihm eingenistet. Umso stärker warf er sich auf den Gedanken einer grundlegenden Umwälzung aller Verhältnisse, auf die Idee eines Überganges in einen anderen Zustand der Welt, beschäftigte sich ausführlich mit Vorhersagen und Hinweisen und fing selbst an, in seinen Träumen solche zu entdecken. Und sprach von Visionen. Faulhaber war stark beeindruckt.

**

Einmal ging Faulhaber am Abend zum Schulgebäude, einen seiner Proportionalzirkel zu suchen, den er dort vergessen, nachdem er ihn im Unterricht den älteren Schülern demonstriert hatte. Er öffnete eines der Fenster zum Hof, die drückende Schwüle aus der Stube zu lassen, die sich im Zimmer noch hielt, während draußen der Abendwind schon Kühlung brachte. Da hörte er einen Laut im Innenhof: ein tiefer Seufzer, fast wie eine Klage, dann ein erstauntes Lachen, befreit.

Es war Noah, der in Gedanken (oder in eine Schau, wie er ihm später erklärte) versunken im Hof stand und mit sich selbst sprach:

„Ich hab's gesehen, es ist wahr, es wird sein – wie wunderbar!"

Faulhaber ging nach draußen, seinen Hausherrn zu begrüßen. Der sah ihn erst verwirrt an, wie wenn er ihn nicht erkennen würde, fand dann jedoch in die Gegenwart zurück und grüßte gleichfalls. Zu dieser Zeit waren die beiden noch nicht so vertraut miteinander wie später, deshalb fragte Faulhaber vorsichtig zurückhaltend, wie es ihm denn erginge.

„Es geht mir gut, es geht mir bestens, noch nie so gut, noch nie besser!", rief Noah, und Freude strömte aus seinen Worten, dem Klang seiner Stimme, dem Leuchten seiner Augen, dem Strahlen seines Gesichts.

„Ich habe es gesehen, es wird wahr werden. Wir werden es erleben".

Dann sprudelte es aus ihm heraus, er konnte sich in diesem Moment nicht zurückhalten, musste sich mitteilen:

„Es wird eine große Veränderung kommen, ein furchtbarer Kampf und dann der Sieg, so viele Bilder auf einmal, so gedrängt, doch der Krieg führt in den Frieden, den tausendjährigen, alles wie vorhergesagt, Bild für Bild, alles wie abgemalt, der

Reiter auf seinem weißen Pferd, das Löwenbanner in der einen, das Schwert in der anderen Hand, und alle, alle folgten ihm, und neben ihm stand der neue Elias, der Verkünder des Neuen Zeitalters der Erfüllung, es wird sein, ich hab's gesehen!"

Faulhaber verstand kaum etwas von dem Herausgelachten, Hervorgesungenen, Ausgerufenen, das weniger an ihn als an die ganze Welt gerichtet schien. Plötzlich wurde Noah bleich, musste sich an der Hauswand abstützen, und sagte, indem seine Stimme aus der Euphorie in eine tonlose Verzweiflung umkippte:

„Es ist vorbei, es ist gegangen, jetzt bin ich wieder allein und in mir und schon ist alles fast vergessen." Dann brach er ab und schwieg.

Das war Faulhabers erste Begegnung mit dem Propheten Noah, als den er ihn ab da manchmal sehen konnte – nicht immer: Der Bäcker Noah, der Hausherr Noah, auch der betrunkene Noah schwächten oft das Bild des Propheten ab; doch hin und wieder trat dieser Noah hervor, oft genug jedenfalls, um ihm das Gefühl zu geben, dass Noah Zugang zu einem Bereich hatte, ihm selbst verschlossen, in der die Fülle und der Sinn und das Eigentliche des Lebens zu Hause waren. Etwas, was ihm selbst schmerzlich fehlte.

Noah erzählte ihm auch öfters von seinen Träumen, auf die er sehr achtete – und die nach Faulhabers Ansicht reale Zukunftshinweise enthielten, die einer Prüfung standhalten konnten. So wie der Traum einer Nacht, von dem er ihm am nächsten Morgen berichtete:

Eine mächtige Flutwelle sei über die Stadt gekommen, sei gegen die Mauern und Türme gebrandet, habe Hütten und Gerätschaften im Uferbereich des Flusses mit sich gerissen; er sei so schnell wie möglich gerannt, um der Flut zu entkommen, sei dann in einem hohen Turm im Innern höher und höher gestiegen, im engen Stiegenhaus Stufe um Stufe, doch die Flut sei ihm nachgekommen, ein schwarzbräunlich schäumendes Wasser, es hätte ihn fast erreicht, als er endlich aufwachte. Er hätte nach dem Erwachen ein stark beklemmendes Gefühl gehabt und würde den Traum als Warnung verstehen; freilich würden sich die meisten solcher Warnträume erst am Ende aufklären, wenn nämlich das Ereignis, vor dem sie warnen sollten, schließlich eingetreten sei und man verstehe.

Doch ließ in diesem Fall das Ereignis nicht lange auf sich warten. Als es eintraf, wusste Faulhaber sofort, dass Noahs Traum der Fingerzeig darauf gewesen war, sich dessen Nachtgesicht dadurch erfüllt hatte. Er war an einem der nächsten Tage auf der steilen Höhe oberhalb der Donau östlich der Stadt unterwegs, als er im Süden ein seltenes Naturphänomen bemerkte. Zwischen den hochgewachsenen Bäumen hindurch konnte man nicht nur den Flusslauf überblicken, der sich von der Stadt hinunterzog – ein breites, schimmerndes Silberband in der Ebene, zwischen dem Bewuchs des morastigen Sumpfwaldes mäandrierend – man konnte auch in der klaren Luft den Alpenrand erkennen, er meinte die ganze Kette zu erblicken, tief hinter dem Kemptener und Memminger Gebiet. Und über der fast zu nah erscheinenden zackigen Alpensilhouette erhob sich, wie verdoppelt, eine zweite Zackenkette, wuchs höher und höher, war dunkel und wetterleuchtete, man wusste nicht, was Wolkengebirge und was Fernsicht auf die realen Berge war. Doch das Unwetter blieb im Süden, kam nicht näher, war ein bloß stummes Schauspiel, aufgeführt für die davon unbehelligt bleibenden Zuschauer.

In der Nacht begann der Fluss zu steigen. Erst unmerklich, so dass jeder seinen normalen Geschäften nachging, nur die Fischer waren nervös und misstrauisch, sie kannten ihren Fluss. Eine lustige Gesellschaft von jungverheirateten Paaren fuhr dennoch, auf keine Warnworte der Fischer achtend, in zwei gemieteten Zillen gegen die noch kaum angeschwollene Strömung zur Illerspitze –

eine Flusspartie in den Flitterwochen, lange geplant.

Gegen Mittag war der Fluss ein reißender Strom geworden. Er schob entwurzelte Bäume, geborstene Balken, Kadaver von Rindern und Schafen gegen die Ufer, überflutete alle tiefer gelegenen Weiden und Bleichwiesen am Fuß der Stadtmauer und donnerte gegen die Pfeiler der Herdbrücke. Und bracht zwei gekenterte Zillen zurück, umgeschlagen durch die Wucht der Flutwelle und verfangen in dem Astgewirr, welches die Flut auf ihrem Weg vom Gebirge eingesammelt hatte, alles mitnehmend, was ihr im Weg stand und nicht zäh genug verwurzelt war. Überlebende des Unglücks wurden gesucht und einige, die sich an das Ufer hatten retten können, auch gefunden, doch trauerte die Stadt um mehrere Tote. Die Donau selbst führte selten solche plötzlichen Hochwasserfluten, es war der Bergfluss Iller, der manchmal damit überraschte.

Für Faulhaber war das der Beweis (wenn er ihn noch bedurfte), dass Noah ein Wahrträumer war, dass seine Gesichte, im Schlaf oder im Wachen, prophetisch waren, manchmal jedenfalls. Ein anderes Beispiel dafür war für ihn, als Noah ihm einmal beiläufig sagte:

"Heute wirst du noch eine Krone sehen", ohne dies weiter auszuführen. Am Abend, bei Sonnenuntergang, konnte jeder ein herrliches Bild am Himmel bewundern: Die untergehende Sonne schwebte gleißend rot zwischen dem Horizont und einem im Westen symmetrisch über ihr aufgetürmten schattenblauen Wolkenband, Sonnenstrahlen durchbrachen die Wolken in breiten Lichtbahnen, wie leuchtende Speere oder auch Zacken einer Krone, fächerförmig sich verbreitend.

Es wurde gerätselt, was dieses Zeichen am Himmel wohl bedeuten würde, manche sprachen von dem Auftritt eines neuen Herrschers (Wer? Und wo?), wieder andere meinten nur, es bedeute allgemeines Glück, einige glaubten sogar, in der über der Sonne sich zusammen ziehenden Wolkenbank Figuren gesehen zu haben, je einen Heerhaufen von rechts und von links kommend und in der Mitte das Getümmel und Gedränge einer hitzigen Schlacht, was sie zu der Mutmaßung veranlasste, ein Krieg wäre damit angekündigt und gleichzeitig ein glorioser Sieg – über die Türken etwa? Faulhaber konnte in den sich wandelnden und auflösenden Wolken keine Gestalten erkennen, doch die Pracht des zartbläulich-orange kontrastierenden, rosafarben bis purpurroten Farbspiels am Himmel beeindruckten ihn ebenso wie jeden der gebannten Beobachter und gab ihm das Gefühl, ein Zeichen zu sehen, doch wofür? Zeichen und Wunder am Himmel waren normal, schließlich war der Himmel die große Leinwand, auf der der Künstler Gott sich kundtun konnte, wenn denn er eine Botschaft senden wollte. War es etwa die Ankündigung des Neuen Zeitalters, etwas, worauf Faulhaber wartete, seitdem er das erste Mal davon gehört hatte? Prächtig und triumphierend genug schien ihm das Bild dafür. Vor allem aber war es für ihn die eingetroffene Voraussage Noahs.

***

Träume und Visionen Noahs speisten sich aus dem, womit er sich so intensiv beschäftigte: den biblischen Prophezeiungen. Er war ganz von dem erfüllt, was er dort und auch in umlaufenden Flugblättern lesen konnte, wo vom künftigen Friedensreich und vom Ende der Geschichte die Rede war. Zwar wurden solche Schriften von Obrigkeit und Orthodoxie nicht gerne gesehen, da sie der Tendenz nach Aufruhr und Widerstand gegen das Bestehende propagierten und es als zum Untergang bestimmt verwarfen, doch steckte im Luthertum genug von der Naherwartung des Weltgerichts, um Gläubige auf diese Fährte zu setzen. Jener (uralte, nur aufgefrischte) Gedanke lag daher seit Beginn der Reformationszeit wieder in der

Luft, wurde jedoch durch die Realpolitiker aller Glaubensrichtungen zurückgedrängt und bekämpft, schließlich in der Augsburger Konfession förmlich verurteilt. Er blieb jedoch, wie seit jeher, abgedrängt im Untergrund virulent. Bis heute.

Freilich glauben gegenwärtig nur wenige (oh doch: Millionen Fundamentalchristen und -islamisten) ernsthaft an ein Ende der Geschichte, in dem Sinne, dass damit ein Endzustand der bisherigen Existenzform erreicht und alles Vorherige aufgehoben sein wird. Dass sich das Tor zur Jenseitswelt öffnen wird und alle Wesen in eine neue, bessere Daseinsform übergehen werden – natürlich nur diejenigen, die es auch verdient haben… Doch scheint es ansonsten einen Bedarf an Weltuntergängen zu geben. Individuell und gemeinschaftlich. Weshalb sonst faszinieren selbst heute noch Weltuntergangsfantasien, halb spielerisch, halb ernsthaft in den Medien durchgenommen, wiedergekäut und ausgeschlachtet, im Film, in den Internet-Diskussionsforen, in Blogs, in Büchern mit hoher Auflage? Der Einschlag eines Meteoriten. Sonnenstürme. Der Polsprung. Der Maya-Kalender. Die Umwelt- und Klimakatastrophe. Die Hyperinflation. Die Panepidemie. Alles endgültige Desaster. Lauter Weltuntergänge. Und heutzutage mit definitiv letalem Ausgang ausgemalt, anders nicht vorstellbar für ein nicht mehr am Jenseits orientiertes Publikum.

Dennoch ist die Lust am Untergang manchmal noch mit einer leisen, oft auch lautstark vorgetragenen Hoffnung verbunden: Das Alte stirbt, damit das Neue erscheinen kann. Eine alte Welt geht unter. Eine neue nimmt ihren Anfang. Wird die Stelle der zum Verschwinden bestimmten alten Weltordnung einnehmen. Und ist natürlich eine bessere. Gerechtere. Reinere. Ist eine wohlgeordnete. Sie ist der Phönix, der aus der Asche seines alten, abgelegten Lebens steigt, durch das Feuerbad gegangen und dadurch verjüngt, erneuert. So die Begleitsätze zu fast jeder Revolution.

Solche Metaphern sind tief verankert in unserer mentalen Struktur, sammeln Sehnsucht, Hoffnung, Überlebenswillen um sich, verführen jedoch auch zu Aktionen im Namen des Neuen: als endgültiges Fanal, hin zum großen Finale. Das Bild des Endgerichts steht dann vor uns. Am Ende wird gerichtet; und damit gerichtet werden kann (in wahrer, abschließender Gerechtigkeit) muss das Ende auch kommen. Die Metapher, das Bild, vermischt sich mit der Realität, die Realität wird zur Metapher: so in einstürzenden Zwillingstürmen, als Menetekel geplant und von vielen auch auf diese Weise gelesen, begrüßt oder verabscheut. Und als Kriegserklärung aufgefasst, was zu weiteren Folgen in einem ewig während Kampf zwischen dem Guten und dem Bösen führt – eine andere Metapher, dem Gegenbild zum Ende im Weltgericht. Die Aktion, als Endkampf angelegt, als letztgültige Überwindung der Gegengewalten, der Unrechtsmächte, stellt sich als Einzelepisode in einem immerwährenden Kampfgeschehen heraus. Die Verführung zur Metapher, die Verführung durch die Metapher leitet nicht zum endgültigen Ausstieg aus der Erbärmlichkeit der Geschichte, wie angestrebt, sondern bringt nur eine vertiefte Fortsetzung der Erbärmlichkeit.

Das Gefühl, ausweglos in die eigene Existenz gebannt zu sein, im Labyrinth der Welt umherirrend den Launen der Glücksgöttin Fortuna ausgeliefert zu sein, dem blinden Zufall oder der Unerbittlichkeit des Verlaufs zu Untergang und Tod, lässt heute wie damals Menschen auf einen Ausweg daraus hoffen – und der apokalyptische Ausgang mit Feuer und Schwert und den Trompeten des Weltgerichts ist ein radikaler und auch glorioser. So muss es sein! Anders wäre alles schlicht unerträglich.

Die Idee des Endgerichts, nicht zu vergessen die dabei mitenthaltene finale Gerechtigkeit, fügt ein Ziel in das bloße Existieren ein, welches den Verhältnissen eine Ordnung gibt, der Zeit eine

Struktur und damit auch einen Sinn. Je unerträglicher der Druck der Alltagslast, der Bedrohung durch Gewalt und allgemeine Rohheit und durch am eigenen Leib erfahrene Ungerechtigkeit, desto mehr die Neigung, in diese Phantasie vom Ende alles Unerträglichen und vom befreienden Abschluss einzusteigen.

Die Vorlage dazu gibt die Überlieferung, seit sie sich im Orient herausgebildet hat; immer wieder aufgegriffen und für buchstäblich genommen – denn anders als buchstäblich (wenn man nur das wahre Datum kennen würde...) wäre die Überwindung des Elends nicht real und endgültig. Symbolische Endgerichte haben keinen großen Nährwert, könnte man sagen…

So war es im Laufe der neueren Zivilisationsgeschichte eine beliebte Übung geworden, den Zeitplan für dieses Geschehen aufzudecken, entnommen den Hinweisen in den dafür zuständigen Heiligen Schriften. Daneben wuchs die Zahl der sich an diese Schriften anschließenden Sekundärprophezeiungen, welche wiederum ihre eigene Interpretation benötigten. Es war also ein ehrwürdiges Genre, in das Faulhaber eintauchte, ermutigt von seinem Freund Noah, dessen Vorbild er folgte. Spekulativ das Ganze, ja, doch nicht im Abseits, sondern konform mit vielen seiner Zeitgenossen, die sich durchaus ernsthaft der Aufgabe widmeten, das Ende der Tage zu berechnen.

Von Bedeutung dabei war für Faulhaber die Identifizierung der im Buch Daniel erwähnten Heerscharen der Magog und ihres Fürsten Gog. Gog und Magog, das war auch jene in der Apokalypse beschriebene Völkerallianz, die am Ende der Geschichte auf die Gemeinschaft der Guten losgelassen werden würde, sich unter dem Banner des vierten Tieres, dem mit den zehn Hörnern, sammelnd und die Welt verheerend. Was oder wer war damit gemeint? Und wer konnte der Fürst sein, dem sie folgen würden? Wenn die Endzeit vor der Tür stand, musste sich doch schon die Konturen des Endgeschehens, wie vorhergesagt, abzeichnen, sollten schon die Akteure, die auf der Bühne der Welt den letzten Akt aufführen würden, hinter den Kulissen auf ihr Stichwort warten.

Für die Generationen vor ihm war klar gewesen, nur der (jeweilige) Papst konnte der Antichrist sein, den die verblendeten Massen anbeteten; sein Vorgänger in der Coss und in der Berechnung der apokalyptischen Zahlen, Michael Stiefel, hatte dies für Martin Luther ausführlich dargestellt, der jedoch gegenüber dessen detaillierten Angaben skeptisch blieb – nicht jedoch in Hinblick auf eine allgemein gehaltene Aussage und die Verkündigung des kommenden Weltgerichts.

Faulhaber versuchte sich nun gleichfalls, für seine Zeit und mit neuer Methode, an dieser Berechnung. Er ging von den sieben in der Bibel erwähnten apokalyptischen Zahlen aus, behandelte sie als figurierte Zahlen, untersuchte ihre Struktur, ihren Aufbau, ordnete ihren Einzelgliedern Buchstaben aus unterschiedlichen Alphabeten zu (lateinisch, griechisch, hebräisch, arabisch), kombinierte und summierte. Auf diese Weise hatte er schließlich den Satz gefunden: „Gog und Magog, ein hoher Regent in Europa, kompt auß Japheths Geschlecht". Ein Ergebnis, welches ihn in seinem Glauben bestätigte, die Endzeit würde bald anbrechen, noch zu seinen Lebzeiten, seine eigene Generation würde mit dem Geschehen konfrontiert werden, wie es lange vorher prophetisch beschrieben worden war. Denn für ihn stand dadurch fest: Der Habsburger war der angekündigte Fürst Gog, diejenigen, die auf seiner Seite standen die Völker der Magog, eine Allianz, die versuchte, das Häuflein der erneuerten Christen zu unterdrücken und zu vernichten. Zeichen des Endkampfes.

IV

Die Gerichtsdiener kamen am Morgen, als er Schule hielt. Sie waren nicht besonders höflich, aber auch nicht unangenehm grob, der eine sagte barsch, dass er mitkommen solle, der Geheime Rat hätte es so befohlen. Sie ließen ihn aber seine Ausführungen ungestört zu Ende bringen und anschließend nach seiner Frau schicken, die den Unterricht übernehmen musste. Ursula war schwanger, man konnte es schon deutlich sehen. Sie starrte erschrocken auf die Büttel, ahnte etwas Schreckliches, wagte aber nicht, danach zu fragen. Und diese hätten ihr auch nicht geantwortet, sowenig wie sie ihm auf seine Fragen Antwort gaben, als sie ihn durch die Stadt führten.

Er dachte, ihr Ziel wäre das Rathaus, um dort vielleicht in einer der Stuben von einem Ratsmitglied befragt zu werden (er glaubte zu wissen, um was es dabei ging), da sie den Münsterplatz überquerten und weiter in diese Richtung gingen. Dann jedoch passierten sie den Bau. Am Eingang vorbei, entlang der schönbemalten Fassade, deren Bilder – Erzählungen aus der Bibel, von David und Goliath oder anderen, und von der Tapferkeit der Römer – ihn als Kind oft beschäftigt hatten, führten sie ihn stattdessen über den Marktplatz und bogen in die Schelergasse ab, gingen geradewegs Richtung Grüner Hof. Nun wusste er, wohin sie unterwegs waren: zum Diebesturm. Viele Geschichten gab es um diesen Gefängnisturm, wie auch um die anderen Türme. Am eindrücklichsten hatte sich ihm aber die groteske Erzählung von den eingesperrten Metzgern im Metzgerturm eingeprägt, die ihm völlig unpassend plötzlich in den Sinn kam: Wie sie sich alle verzweifelt in eine Ecke zusammengedrängt hatten, als der Bürgermeister wütend in das Verlies trat, da sie dessen Zorn fürchteten. Durch ihr Schwergewicht verzog sich der Turm in eine Richtung, stand seitdem leicht schief, was man deutlich sehen konnte. Und der überlieferte Name Metzgerturm bürgte ja für die Richtigkeit dieser Geschichte, oder?

Ihm war jedoch nicht danach zu Mute, sich gerade zu diesem Zeitpunkt über die Wahrheit oder Unwahrheit einer solchen Sage Gedanken zu machen, ihn beschäftigte seine augenblickliche Situation: Was würde mit ihm geschehen? Er zögerte, weiter zu gehen, doch jetzt wurde er gestoßen, seine Begleiter machten ihm handgreiflich klar, dass sie ihn auch fortschleppen würden, wenn er nicht von allein ginge. Unterwegs waren ihm einige bekannte Gesichter begegnet, er hatte gegrüßt und war gegrüßt worden, hatte sich normal benommen und so auch gefühlt, nun jedoch realisierte er, nichts war normal: Er war ein Gefangener. Und vor ihm lag das Gefängnis.

Sie stiegen einige Stufen vom erhöhten Gartenniveau zum Turmeingang hinab, der als kleiner Einlass im festvernagelten ehemaligen Stadttor ausgespart war, kletterten anschließend zum darüber liegenden Wachraum empor, wo seine Begleiter von einem Gefängnisschließer begrüßt wurden und Belangloses mit ihm plauderten, während sie ihn übergaben. Der Schließer führte ihn ein weiteres Stockwerk höher, in die eigentliche Zelle.

Dort saß Noah. Er war angekettet und stierte vor sich hin. Sah aber auf, als sie hereinkamen und lächelte ihn an, als er ihn erkannte. Dann verdüsterte sich sein Gesicht erneut und er sagte mit merkwürdig krächzender Stimme, als ob er seine Sprache erst wiederfinden müsste:

„Du auch?"

Faulhaber blieb stumm, konnte nicht antworten. Nicht sprechen. Der Schließer holte eine Fußfessel mit Kette und schloss sie um sein Gelenk, befestigte sorgfältig die Kette an einen dafür vorgesehenen Eisenring an der Wand und fixierte auch sie. Ihm wurden die Beine schwach, er musste sich setzen. Bekam auch einen niedrigen Schemel, auf den er sich niederließ und regungslos verharrte.

Die schwere Eichentür schloss sich. Sie waren unter sich.

Jedoch machte ein leises Stöhnen ihn darauf aufmerksam, dass ein Dritter im Raum war, den er bisher übersehen hatte, da er mit sich selbst und dem Anblick Noahs beschäftigt gewesen war.

„Er ist schon seit einem halben Jahr hier, der arme Teufel wird es aber nicht mehr lange machen, bis sie ihn entlassen wollen ist er schon hinüber", sagte Noah, die Stille unterbrechend.

„Was hat er getan?"

„Weiß nicht, ist wahrscheinlich ein Vagabund, der sich einmal zu oft in die Stadt eingeschlichen hat". Der andere Gefangene reagierte nicht auf ihr Gespräch, er saß merkwürdig verdreht da, verkrampft, sein Hals in ein Eisenband eingeschlossen, welches an einer zu kurzen Kette an der Wand befestigt war. Er schien in sich selbst versunken, atmete ungleichmäßig, nur sein fast unhörbares Seufzen oder Stöhnen zeigte an, dass er noch am Leben war.

„Weshalb sind wir hier?"

„Werdens herausfinden. Die Obrigkeit stört sich wohl an unseren Erkenntnissen, haben sie dich nicht auch ermahnt, keine Prophezeiungen weiter zu verbreiten, niemandem vom Weltgericht zu erzählen, überhaupt das Maul zu halten?"

„Ja, ich bin ermahnt worden. Aber ich kann nicht darüber schweigen, kann mich nicht zurückhalten. Es ist doch wahr. Und auch wenn's ungewiss wäre, müsste man doch darüber sprechen dürfen, darüber diskutieren, es ist zu wichtig!"

Durch seine eigenen Worte hatte sich Faulhaber in eine Erregung hineingesteigert, die so plötzlich abbrach, wie sie aufgekommen war. Sein Eifer verließ ihn, er verstummte wieder, wen wollte er den hier in diesem Raum damit überzeugen? Sich selbst? Das ganze Elend seiner Lage brach über ihn herein. Er war angekettet, wurde wohl angeklagt werden – wegen was auch immer, etwas würde sich schon finden – sein Freund und Mitstreiter war ähnlich benommen und angeschlagen wie er, sie teilten eine Zelle mit einem nur noch halb Lebenden.

Und der sich ihm nun in voller Wucht aufdrängende Gestank menschlicher Ausscheidungen im Raum, gemischt mit den Ausdünstungen von Krankheit, Unglück, Tod, die er in dieser üblen Luft zu riechen glaubte, paralysierte ihn zusätzlich. Bis zum Abend redeten sie nicht mehr viel miteinander, anders als sonst, wenn sie bei ihm selbst oder bei Noah zusammengesessen und über ihre Hoffnungen und Erwartungen gesprochen hatten, über ihre Gewissheiten und über Noahs visionäre Träume, oder auch nur über

Neuigkeiten aus der Welt und den herumgehenden Klatsch in der Nachbarschaft. Es schien ihm eine Ewigkeit, die sie auf diese Weise beisammen verbrachten, gemeinsam in einer Zelle und jeder für sich.

Wenn Faulhaber sich an diese Szene seines Lebens erinnerte, heraufbeschworen durch die Zeiten, war ihm alles wieder lebhaft gegenwärtig: Auch jetzt, nach so langen Jahren stand ihm die damals im Turm verbrachte Zeit wie ein Alp vor der Seele. Die quälende Ungewissheit, sein ausuferndes Elendsgefühl, der Druck des Eisens um seinen Hals, die Unbequemlichkeit des harten Schemels, das sich einstellende Hunger- und Durstempfinden verwoben sich zu einer schwer zu ertragenden, bedrückenden Pein, der er gerne in einen tröstenden Traum entflohen wäre, hätte er denn schlafen können. Und heute, im vergegenwärtigenden Rechenschaftsbericht für sich selbst, kam zu diesen Empfindungen noch etwas anderes hinzu: Scham. Schuld.

Dachte er daran, wie alles vor sich gegangen war und wohin es schließlich geführt hatte, fühlte er sich Noah gegenüber schuldig, den er irgendwie im Stich gelassen hatte, obwohl er genauso wenig sagen konnte, was anders er hätte tun können. Er schämte sich dennoch dafür. Wie hätte er Noah beistehen können? Und was hätte Noah für ihn tun können? Beide waren sie den Umständen hilflos ausgeliefert gewesen. Und trotzdem: er hatte Noah sich selbst überlassen.

Denn es wurde wieder einmal ein Unterschied gemacht. Am Abend kam endlich jemand, der für ihre Sache zuständig war, der geheime Rat Sigmund Schleicher persönlich. Und nachdem er von diesem eindrücklich ermahnt worden war und er ihm schwören musste, keine weiteren Prophezeiungen und Endgerichtsfantasien in die Welt zu setzen, wurde er selbst nach Hause entlassen. Noah dagegen blieb im Turm. Sein Ruf als widerspenstiger Kopf und auch als Trinker und sein Stand als einfacher Handwerker genügten, um ihm mehr als nur einen Denkzettel zu verpassen – er saß vier Wochen im Gefängnis und musste anschließend bei den Schanzarbeiten Frondienst leisten, durch die das veraltete Festungswerk rings um die Stadt modernisiert und nach niederländischem Vorbild auf den neuesten Stand der Verteidigungstechnik gebracht wurde.

Faulhaber hatte seine Befreiung Ursula zu verdanken. Diese war zum Rat gegangen, hatte auf ihren Zustand hingewiesen und deutlich gemacht, dass sie ihren Mann bei sich brauchte, nicht im Gefängnis. So wurde ihm erlaubt nach Hause zu gehen.

Aber er stand unter Hausarrest. Auf unbestimmte Zeit durfte ihn niemand besuchen, er durfte keinen Kontakt zu jemand außerhalb des Hauses aufnehmen. Vor allem nicht zu Noah. Doch der war sowieso für länger unerreichbar, eingereiht in das Arbeitsheer der Straffälligen und Eingezogenen. Wobei Faulhaber nicht einmal wusste, ob er diesen Kontakt überhaupt suchen wollte, noch immer war er wie durch einen Schock mutlos und gelähmt.

Seine Freunde in und außerhalb der Stadt sorgten sich um ihn, um seine Stabilität, seine geistige Gesundheit. Durch konspiratives, vorsichtiges Verhalten war es möglich den Arrest zu umgehen; Briefe wurden durch Bekannte aus und in die Stadt geschmuggelt und weitergeleitet, Besucher warteten die Dämmerung ab, bis sie sich zur Tür seines Hauses schlichen, um auf ein abgesprochenes Klopfsignal hin rasch eingelassen zu werden. Die Gespräche mit den nächtlichen Besuchern halfen ihm, allmählich wieder ins Gleichgewicht zu kommen. Doch die Erfahrung seiner Einkerkerung saß tief. Und er schwor sich, niemals wieder in eine solche Situation zu kommen, alles andere war dem vorzuziehen. Was nicht bedeutete, dass er von seinen Überzeugungen abließ, das konnte er nicht, dazu waren sie zu sehr mit ihm selbst verbunden: Ebenso gut hätte er sich ein Bein oder eine Hand abhacken können.

***

Noah war nicht zu helfen gewesen. Faulhaber hatte sich im Weiteren oft genug für ihn eingesetzt und sich für ihn verbürgt. War deshalb auch an seiner Seite verdächtigt worden, gegen die gute Gesinnung der Stadtgemeinde zu verstoßen und nicht dem Mehrheitsglauben anzuhängen – was er im Herzen ja auch nicht tat. Doch er hatte zu Noah gehalten, weil er an ihm diesen prophetischen Zug zu erkennen glaubte: Etwas durchwühlte Noah, ließ ihn nicht zur Ruhe kommen. Und das war nicht nur die normale Sorge um das tägliche Einkommen, die war auch da, selbstverständlich, wie wohl bei jedem Kleinhandwerker und Gelegenheitsverdiener, doch der Sturm, der manchmal durch seine Seele fuhr, kam von weiter her, kam aus dem Horizontkreis der aufdämmernden Endzeit. Der Heraufkunft der endgültigen Erfüllung. Die „Morgenröte im Aufgang" hatte es der stille Schlesier, Böhme, genannt, auch einer, der ganz davon erfüllt gewesen war.
Noah war, im Gegensatz zu diesem, kein reines Gefäß für eine prophetische Botschaft gewesen, in ihm hatte sich die drängende Ahnung, die gehört

werden wollte, wie sie Faulhaber in Noahs Worten abgespürt hatte, mit Trübem, mit Heftigem, mit Selbstüberschätzung und Eigenwillen gemischt. Noah trank zu viel. Auch um die auflösende Erregung wieder abzudämpfen, die ihn zu oft nicht mehr losließ, wenn ihn einmal seine prophetische Gabe überkommen hatte. Alkohol half dagegen. Doch Alkohol brachte neue Probleme. Unter dessen Einwirkung verschob sich sein Charakter ins Anmaßende, Befehlshaberische, Rücksichtslose: Er hielt sich dann für den Nabel der Welt, oder wenigstens für jemanden, dem niemand dreinzureden hatte, der sich selbst Maßstab und Richtschnur war.

Und wenn er eine Frau begehrte, war das in Ordnung, und wenn auch tausendmal ein Verstoß gegen die frömmelnde, heuchlerische Ordnung der Stadtoberen und des Superintendenten Dieterichs, der seit dessen Ernennung sein besonderer Intimfeind war und ihm das letzte Jahr seines Daseins vergällte. Er selbst, Noah, bestimmte, was Unzucht war und was nicht – und für ihn gab es keine Unzucht, die gab es nur für die Obrigkeitssklaven, durch ihre Gesinnung gefesselt an Vorschriften und Gebote. Doch in Wahrheit, so dachte Faulhaber, war das Noahs Achillesferse gewesen: Er hatte es zu sehr mit den Frauen. Er konnte ihrer Anziehung nicht widerstehen. Der Verlockung durch Schönheit.

Noah war selbst ein schöner Mensch: großgewachsen, stattlich, mit stetigem, aufrechtem Gang, blondem, vollem Haar, einem gewinnenden Lächeln, begabt mit charmanter und schlagfertiger Rede – einer, der den Frauen auffiel und gefiel. Aber er war kein Patrizierabkömmling, nur ein kleiner Handwerker, im unteren Bereich des steuerpflichtigen Einkommens, kein Besserer, Krafft, Neidhardt, Schad, Roth, Strölin, Ehinger oder einer der anderen Familien des Ulmer Stadtadels, mit deren Auftreten konnte er nicht konkurrieren.

Da fühlte er sich zurückgesetzt, trotz seines einnehmenden Wesens als ungleich behandelt. Damit fand er sich nie ab. Auch nicht mit der Ungerechtigkeit, die in dem lag, dass sein Verhalten anders gesehen und beurteilt wurde als dass der Oberen: Ihm wurde als ein ausschweifendes Leben vorgeworfen und geahndet, was bei diesen eine lässliche Sünde war oder ein Charakterzug, der hingenommen wurde. Seine Verfehlungen (meistens, wenn er betrunken aufgefallen war) wurden im Münster öffentlich angeschrieben und er somit an den Pranger gestellt, der Adel wurde dezent beiseite genommen und in einer Privataudienz diskret ermahnt, musste keine öffentliche Kirchenbuße tun, wie er oder Hinz und Kunz, über deren

Verhalten und Seelenheil die Prediger streng achteten.

Sie hatten ihn im Visier, als Ärgermacher, und sie hatten, von ihrer Warte aus gesehen, recht damit: Er war ein aufsässiger Geist. Konnte Ungleichbehandlung nicht akzeptieren, konnte auch nicht akzeptieren, auf ein Glaubensbekenntnis eingeschworen zu werden, welches ihm vorgegeben wurde und worüber er sich keine eigenen Gedanken machen durfte, ohne in den Geruch des Abweichlers zu kommen. Vielleicht lag darin sein eigentliches Unglück: Er wollte in allem er selbst sein, wollte als er selbst gleichrangig akzeptiert werden und wollte selbst herausfinden, wie die Welt beschaffen sei. Und das kollidierte mit seinem Stand.

Sein Vater und sein Bruder hatten solche Schwierigkeiten nicht. Sie waren angesehene Handwerker, saßen sogar als Vertreter ihrer Innung zeitweilig im Rat der Stadt, hatten gut laufende Betriebe und führten ein geregeltes Familienleben. Auch er hätte diese Art Leben führen können: Er hatte seinen ererbten Beruf, war Bäckermeister wie alle in der Familie, hatte ein Haus, welches er sich als sein vorzeitiges Erbe hatte überschreiben lassen – Voraussetzungen, um einen gelungenen bürgerlichen Lebensweg gehen zu können. Doch ihm gelang es nicht.

Da war die Anziehungskraft der Frauen, die gleichfalls auf seine anziehende Erscheinung reagierten, welche ihn daran hinderte, sich auf eine bestimmte Frau festzulegen. Da war sein grüblerischer Zug, welcher ihn zur Beschäftigung mit magischen Zahlen und prophetischen Vorhersagen und Gedanken über das kommende Zeitalter des Geistes brachte, die ihn bald aus seinem Bäckermilieu herausführten und doch nirgendwohin, da er mit seinem Spekulieren keinen Anschluss fand.

Er vernachlässigte seine Arbeit, da er irgendwann begann, sie gering zu schätzten, im Vergleich zu angeseheneren Tätigkeiten oder dem Nachsinnen über tiefere Wahrheiten. Er verlor Kunden, da seine Nachlässigkeit bemerkt und darauf reagiert wurde. Es gab zu viele Bäcker in der Stadt, trotz Innungszwang und dadurch Regulierung, die Konkurrenz war groß. Und da alles vorgeschrieben wurde, auch der Brotpreis, konnte man sich wenig von den anderen unterscheiden; abgesehen davon, dass sein Ehrgeiz nicht auf dem Gebiet des Brotbackens lag.

Als nun Faulhaber damals Räume für seine Schule suchte und er sich bei ihm einmietete, war daher beiden geholfen: Faulhaber konnte zu bezahlbaren Bedingungen seinen Unterricht halten, mit wechselndem Erfolg, Noah hatte eine beständige

Einkommensquelle, die ihn absicherte. Und beide fanden sich im Glauben an die bevorstehende Endzeit, in dem sie sich gegenseitig bestärkten.

Sie erwarteten nicht völlig dasselbe von dieser Zeitenwende, hier unterschieden sie sich in ihrer Hoffnung und ihrer Sehnsucht. Für Noah stand an erster Stelle, dass in dem kommenden Friedensreich die Standesunterschiede keine Rolle mehr spielen würden. Die unerträgliche Last der Alltagsnot, die ihn und die meisten Mitbewohner des Planeten niederdrückte, wäre allen genommen. Jeder wäre frei, dass zu tun, was er am besten und geschicktesten könnte und wozu er Neigung hätte, es gäbe keinen Zwang mehr, weder durch die strenge Ordnung der Gesellschaft noch durch den Mangel an Nahrung und anderer notwendigen Güter.
Die harte Hand, mit der die jetzt im Sattel sitzenden Oberen ihre Untertanen regierten, wäre nicht mehr nötig, denn diese würden sich nicht mehr untereinander das Brot wegnehmen oder den Erfolg neiden. Die wahre, allen Menschen innewohnende Brüderlichkeit könnte sich entfalten. Und Glaube wäre etwas, was nicht vorgeschrieben werden würde, sondern was jeder auf seine Art in unmittelbarer Kommunikation mit der höheren Welt von dort empfangen würde – es gäbe keine

Religion mehr, keine bindende Überlieferung, sondern direkte Einsicht und lebendiges Eingebunden sein in die Sphäre der Engel und des dreifaltig Einen. Das war etwas, was auch Faulhaber herbeisehnte.

Er litt darunter, dass das Leben im Allgemeinen so verworren war. Keine Klarheit, nirgends. Eine Ahnung davon höchstens in der Mathematik, wie z.B. in den Rechenschritten, die sich aus einer algebraischen Gleichung jedem selbstverständlich und einsichtig ergaben, der die Gleichung aufstellen oder auch nur lesen konnte. Jedes Rechenexempel konnte gelöst werden – wenn man genug Scharfsinn einsetzte. Jede Aufgabe war zu bewältigen – und wenn man dazu etwas völlig Unbekanntes, noch nie vorher Gedachtes einführen musste, wie etwa Girolamo Cardano die imaginäre Zahl.

Doch abseits von seiner Rechenkunst war zu viel Wirrnis. So der Streit um den rechten Glauben. Nicht nur zwischen Papisten und Evangelischen, der war für ihn entschieden, die Papstanhänger wollten nur ihre Macht und ihre Privilegien nicht aufgeben und beanspruchten daher die Autorität in Glaubensdingen, nein, zwischen den unterschiedlichen evangelischen Fraktionen tobte ein genauso heftiger Kampf um die richtige Auslegung des in der Bibel gegebenen Wortes, und jede führte kluge Gründe für die jeweilige Überzeugung an.

Wo war Wahrheit? Man konnte für eine richtige Überzeugung am falschen Ort oder einer falschen Überzeugung am richtigen Ort bestraft werden, wurde ausgewiesen oder sogar getötet. Soviel Gewissenspein, Not und Elend folgte daraus. Und wie wenig wusste man darüber, wie die Welt beschaffen war, wie der Kosmos vorgestellt werden sollte – war die Erde wirklich sein Zentrum, wie es allem Anschein nach war, oder hatten diejenigen Recht, welche die Sonne in dessen Mitte setzten, oder gar diejenigen, die an ein mittelpunktloses, unendliches All glaubten, wie von Giordano Bruno behauptet?

Die hermetische goldene Kette des Seins, Stufe um Stufe aneinandergereiht, Wesenssphäre an Wesenssphäre angeschlossen, was für ein wunderbarer Gedanke, in den man sich versenken konnte, doch wie konnte er ausgefüllt werden, lebendig gemacht werden, so dass alle Erscheinungen in seinem Licht erglänzten und sie ihre rechte Stellung im Ganzen zugewiesen bekamen? Was war die Ordnung des Ganzen? Das normale Bewusstseinslicht war ein kärgliches Flämmchen, welches nur die nächste Umgebung kümmerlich beleuchtete, er sehnte sich nach dem überwältigenden, alles erhellenden Licht der Offenbarung der Göttlichen Welt in Einem – dem Durchsichtig werden der Tiefe der Welt für seinen aufjauchzenden Geist, der die Wirklichkeit plötzlich durchschauen, begreifen, umarmen konnte.

Das freilich konnte er sich nur in einem anderen Zustand als in seinem im Nebel tappenden, eindimensionalen Gedankenfadenspinnen vorstellen. Dieser Zustand sollte durch den Eintritt ins dritte Zeitalter des Geistes möglich werden. So seine Hoffnung.

Und Noah verstärkte sie. Seit dem Beginn ihrer Bekanntschaft kreisten ihre Gespräche immer wieder um dieses neue Zeitalter.

„Jetzt ist die Umbruchszeit gekommen. Das Alte hat ausgedient, kann nicht weiterverfolgt werden. Du siehst, überall stockt es, ist man in einer Sackgasse gelandet. Jeder streitet mit jedermann. Über jedes und alles. Es ist wie ein irrer Alptraum, in dem alles immer schlimmer wird, je mehr man sich um Auflösung der Verwirrung bemüht. Und wie in einem Traum kann man davon nur durch Erwachen erlöst werden. Unsere Zeit ist die der Wirrnis vor dem Erwachen. Und weil die Wirrnis und Bedrängnis so groß ist, steht das Erwachen kurz bevor. In diesem Traum gibt es Ankündigungen, Prophetenworte, Zeichen – in allen Landen tauchen sie auf und sind selbst Anzeichen dafür, dass sie bald da sein wird, die Umbruchszeit, die alles verändert und ins rechte Lot stellt. Zähle alles zusammen, du bist doch ein Rechenmeister, nimm die Prophezeiung Paracelsus' über den Löwen aus Mitternacht, der kommen wird, den Adler des Südens besiegen wird und eine neue Friedensordnung errichten wird, nimm die Verkündigung Joachims von Fiore, der von den drei Zeitaltern gesprochen hat, dem des Vaters, des Sohnes und des Geistes, und dass die Epoche des Geistes bald anbrechen wird, nimm die Berechnungen des Magisters Simon Studion in Tübingen, von dem du mir erzählt hast, der durch seine umfangreichen Nachforschungen herausgefunden hat, dass diese Zeit demnächst vor der Tür steht, schon 1623, nimm meine Traumvisionen und deine Zahlen und du kommst auf ein Ergebnis dass dir sagt: Es ist soweit. Wir werden es erleben.

Freue dich auf das Neue, das Wunderbare. Auf das Ende der Pein und der Bedrängung. Der Kränkungen und der Not. Das, was sie Reformation genannt haben, ist nur ein Vorschein der eigentlichen Reformation, der wirklichen Reformation aller Verhältnisse, die bis jetzt noch aussteht – doch nicht mehr lange. Irgendwann, bald, wird er auftauchen und sich melden, der Elias Artista des Paracelsus, glaube mir, und er wird zum Wortführer der Erneuerung werden, genau wie der göttliche

Plan es vorsieht, der für den Verständigen schon im Alten Testament enthüllt und seither immer wieder von Wissenden neu gedeutet wurde.

Achte auf die Zeichen! Und gehe und studiere die prophetischen Zahlen, du bist ein Zahlenfreund, ein geübter Rechenmeister, zu dir sprechen sie, du kennst ihre Geheimnisse, mehr als wir ungebildeten Laien auf diesem Gebiet".

Das waren die Worte Noahs an Faulhaber, die er als seinen Auftrag verstand, als seine Sendung, die er anzunehmen hatte – nicht um Noahs willen, der war nur ein Medium in dieser Sache, obwohl ein Verständiges, aber um des Ganzen willen, um das es dabei ging. Er selbst konnte etwas dafür tun. Konnte dem Ganzen der Weltentwicklung dienen. Konnte dem Sinn dienen, indem er sich um den Sinn bemühte. Hier war eine Aufgabe.

Und er hatte versucht, dieser Aufgabe gerecht zu werden. Hatte über Gog und Magog sinniert und das Ergebnis in Briefen und kleinen Handzetteln weiterverbreitet, die nach Memmingen, Augsburg, sogar bis nach Hamburg gingen, was ihn in den Turm gebracht hatte. Hatte später dann seine größeren Schriften über dieses Thema drucken lassen, die „Andeutung einer unerhörten newen Wunderkunst", die „Himlische gehaime Magia", auch das „Prognosticon vom Gog und Magog", oder seine Erkenntnis immer wieder in seinen mathematischen Publikationen untergebracht, so etwa im Druck „Newer Mathematischer Kunstspiegel", was ihn wiederum in Konflikt mit der Ulmer Obrigkeit brachte, die ihr Zensurrecht missachtet sah, wenn er seine Schriften auswärts, etwa in Nürnberg, publizieren ließ, doch nicht so wie abgesprochen und von ihr genehmigt.

Mehr als einmal musste er deswegen auf der Münsterbauhütte erscheinen und wurde ermahnt. Auch ihn hatte man im Auge, nicht nur Noah. Er stand unter Beobachtung, das war ihm klar. Andrerseits wurde er, gerade durch seine Publikationen, auch außerhalb Ulms bekannt und angesehen, so war sein Fall ein anderer als der von Noah. Trotzdem erlebte er Zensur und Maßregelung als etwas Bedrückendes, ihm Auferlegtes.

Man musste seine Gesinnung verbergen, wenn diese nicht der offiziellen Linie entsprach, wie sie durch die Religionswächter – städtische Religionsherren und Pfarrkirchamt – vorgegeben wurde. Und schnell geriet man in Verdacht, etwa ein Schwenckfeldianer, ein zustimmender Leser Sebastian Francks, ein Anhänger Valentin Weigels oder ein Glaubensbruder Johann Arndts zu sein, was er gegenüber den ihn inquisitorisch ausforschenden Behörden energisch abstritt. Denn sogar einen ehemaligen Bürgermeister, wie seinerzeit Daniel Schad, konnte man unter dem Vorwurf, insgeheim der Sekte Schwenckfelds anzugehören, politisch ausschalten und unter Hausarrest stellen, was zeigte, wie sehr man dadurch ins verfemte Abseits geriet.

Wahr an diesen Vorwürfen war allerdings, dass Faulhaber mit den Gedanken dieser Schwärmer, wie sie verallgemeinernd genannt wurden, aus unter der Hand weitergereichten Schriften gut bekannt war und damit sympathisierte, ohne jedoch daraus ein Gegen-Glaubensbekenntnis zu seiner Kirche ableiten zu wollen. So lehnte er deren Sakramente nicht rundheraus ab, sah darin einen Gemeinschaft stiftenden Brauch, auf dessen Teilhabe er als zur Gemeinschaft gehörend bestand (besonders wenn sie ihm verwehrt wurde), war sich aber wohl bewusst, dass es unterschiedliche Auslegungen über deren Realität und Wesen gab und einen ewigen Streit darüber, den er für sich selbst jedoch nicht entscheiden konnte oder wollte.

Heiligkeit fand er ebenso in der Natur und ihren vielerlei Erscheinungsformen, Objekten und Wesen wie in dem, was in der Religion als heilig galt. Auch Mathematik hatte Anteil daran. Der Kosmos war nach Maß und Zahl geordnet, die Zeitenfolge durch Rhythmen und Abschnitte strukturiert, sie enthielt eine Zahlenordnung, die entschlüsselt werden konnte. Das war das Gebiet der apokalyptischen Zahlen und auf diesem Gebiet war er Entdecker.

Seine neue Wunderkunst verband Avantgardismus in der Mathematik mit altehrwürdiger Überlieferung, mit Geheimnissen, die durch die Fortentwicklung der Mathematik aufgedeckt werden konnten. Die Zahlen, die er unter anderen untersucht hatte, waren: 666, 1290, 1335, 1600, 1000. Jede stand im Zusammenhang mit zeitlichen Geschehnissen und deren Verkündigung im großen Gang des Weltablaufs – der Heiligen Geschichte, des Göttlichen Dramas, an dem alle beteiligt waren, ihm unterworfen – ob wissend oder unwissentlich.

V

Mit Noah geschah etwas. Er war unruhig, wirkte gequält, konnte nicht mehr schlafen, wie er sagte. Trank noch mehr als sonst, aber das war es nicht. Er war im Zweifel und verzweifelt. Faulhaber traf ihn in einer völlig aufgelösten Verfassung an, als er am Abend in gewohnter Weise nach seiner Schule schaute. Noah stand in einer Ecke des Hofes, der großgewachsene Mann weinte hemmungslos vor sich hin, schluchzte laut und heulte auf, wie ein Wolf den Mond anheulen würde. Fiel dann auf die Knie und betete mit gepresstem Atem ein Bittgebet an alles, was ihm heilig war. Er sah Faulhaber, stürzte sich auf ihn und umfasste dessen Beine, lies ihn nicht los, als wolle er dessen Beistand erzwingen.

„Hilf mir, bete mit mir, wende dich zusammen mit mir an den Einen, der versteht, der die Wahrheit ist, der mir aus meiner Umnachtung heraushelfen, mich aus meinem Traum befreien kann. Schreie mit mir zum Herrn des Lichts und der Wahrheit, dass er mich erlöse, ich gehe von einem Alptraum in den anderen, wache auf und befinde mich in einem weiteren Traum, wo bin ich jetzt, warum ist mir der Weg versperrt? Rede mit dem Pfarrer, rede mit der Gemeinde, sie sollen für mich beten und so mir helfen, die uns allen gemeinsame Wirklichkeit zu finden; ich bin verloren gegangen, weiß nicht mehr, in welcher Welt ich lebe und an was ich glauben soll. Schrei mit mir zum Herrn um Hilfe. Bitte!"
Faulhaber verstand kaum, was Noah herausschluchzte und begriff nicht, worum es ging. Doch versuchte er zu beruhigen, was ihm auch nach einiger Zeit gelang. Er versprach, einen Weg zu suchen wie Noah geholfen werden konnte, was immer es auch war, das ihn quälte. Er ging zu dessen Beichtvater Bartholomäus, dem Münsterprediger,

und sprach mit ihm über Noahs Leiden, so wie dieser es ihm geschildert hatte.

Ein Teufel würde Noah die Bibel aus der Hand nehmen und auf den Boden werfen, sobald er in ihr lesen wolle. Er fühle sich wie von Feuerpfeilen gemartert, die der Teufel in ihn schießen würde und müsse deswegen die ganze Nacht ruhelos in Stube und Hof umhergehen. Die Gemeinde solle für ihn beten, damit er davon erlöst werden könne.

So wurde Noah zum Gespräch der Stadtgemeinde. Und sie schloss ihn fürsorglich in ihr sonntägliches Bittgebet mit ein, bis sich sein Zustand augenscheinlich gebessert hatte und er wieder wie gewohnt zur Kirche gehen konnte. Doch in Wirklichkeit verblieb er in seiner eigenen Art zu denken, nur nicht mehr verstört durch quälende Anzweiflungen.

„Eine Zeit lang dachte ich, wie es wohl jeder tun würde, es ist der Teufel, der mir die Bibel zum Ekel macht, der mich dazu bringt, das Buch abzulehnen und es nicht einmal mehr in die Hand nehmen zu können. Ich habe mit dir und dem Pfarrer darum gebetet, dass der Teufel aus mir weichen und ich das Heilige Buch wieder verehren kann. Danach konnte ich mich wieder wie gewohnt verhalten, wie jedermann hier, es schien vorüber zu sein. Doch es ist nicht vorüber. Nur glaube ich nicht mehr, dass der Teufel mich gepeinigt hat. Ich glaube inzwischen, dass der normale Umgang mit dem Buch selbst das Ärgernis ist. Es wird zum Götzen gemacht.

Es ist das Heiligtum, welches angebetet wird, und es wird als Sünde betrachtet, es nicht anzubeten. Buchgläubige sind alle geworden. Was nicht in diesem Buch steht, zählt nicht, und was darin steht muss wörtlich genommen werden, schriftgetreu. Wie das Wort aber genommen werden muss, liegt nicht im Belieben der Gläubigen. Auslegen dürfen nur die dafür Kompetenten, dafür Beglaubigten. Und die sitzen auf der Universität in Tübingen. Die Schriftgelehrten. Die studierten Philologen.

Paracelsus schreibt zwar, es gäbe zwei Heilige Bücher, neben der Bibel sei es das Buch der Natur, in dem die Wahrheit aufgesucht und gefunden werden kann: Ich glaube aber eher, es gibt tatsächlich nur ein einziges Buch, doch das kann jeder nur in sich selbst finden, und wenn er es gefunden hat, findet er es auch in der Bibel und in der Natur. Es ist das unmittelbare Wort. Und wenn man es nicht in sich selbst gefunden hat, ist es bloße Götzendienerei, den Weg und die Wahrheit einem Gegenstand zuzuschreiben und ihn zum Heiligtum zu erklären.

Nicht das Wort in dir, das du in dir lebendig gemacht hast und als lebendig erlebst zählt dann,
die Worte, wie sie verwendet werden und wie sie
zu verstehen sind und wie sie übersetzt worden
sind und wie sie wohl ursprünglich gelautet haben
müssen, dass ist, was zählt. Und die Professoren
sind die Sachverwalter und Sachverständige dafür.
Und wenn du sagst, das wahre Buch sei in dir und
das Buch da draußen sei ein bloßes Mittel zur Erinnerung an das Buch in dir, dann bist du ein Häretiker und wirst als ein solcher behandelt".

Was Noah umtrieb, hatte seine Wurzeln in einer
anderen Zeit. Schon Generationen vor ihm suchten Einzelne und kleine Gemeinschaften neben
und hinter den offiziellen Glaubensartikeln einen
unmittelbaren Zugang zu den metaphysischen
Offenbarungsquellen, auf die sich die Orthodoxie
ihrer eigenen Rede nach bezog. Was diese Zirkel
fast immer in Schwierigkeiten mit den kirchlichen
Wächtern des rechten Glaubens brachte. Ohne es
recht zu wissen, stand Noah in dieser Tradition. In
einer speziellen Ulmer Variante davon.

***

Geschichten halten sich lange in einer Gemeinschaft, die auf Erzählungen baut, aufs

Zuhören, Herumerzählen, Gerüchtemachen. Die an Wundergeschichten glaubt, weil sie so berichtet werden. An Fabeln, weil sie so wunderbar sind. Auch was nicht in Chroniken festgehalten wird lebt noch lange in den Köpfen der Mitbürger, wird als Erinnerung weitergegeben, ausgeschmückt und umgedeutet. Besonders wenn es um Geheimnisse geht und um Dinge, die nicht der vorgegebenen Meinung und Glaubensrichtung entsprechen, also heikel sind und nur im vertraulichen Gespräch mitgeteilt werden können. Geschichten treiben sich lange umher, und treiben das innerliche Räsonieren einzelner weiter und fort.

Als Faulhaber geboren wurde, lebte noch eine reichsbekannte Gestalt inmitten der Ulmer Bürgerwelt: gefragt, geehrt, innerhalb und außerhalb der Stadtmauern, die erste und auf lange Zeit einzige Frau, die einen Eid auf die Ulmer Ordnung leisten durfte und damit als praktizierende Ärztin anerkannt war – Agatha Streicher.

Schwäbischer Adel, Prinzessinnen und Bischöfe reisten von weit her nach Ulm, um sich von ihr behandeln zu lassen. Zu Kaiser Maximilian II wurde sie wegen seiner Gicht nach Regensburg gerufen, als es mit ihm zu Ende ging und es schon zu spät für eine erfolgreiche ärztliche Behandlung war, doch konnte sie die Leiden seine letzten Tage lindern, indem sie die unwirksamen aber belastenden Heilversuche der Arztkollegen abstellte und mit Kräutern und Naturheilmitteln nach Paracelsus für ein besseres Befinden sorgte.

Dieser Ruf war eine große Ehre, nicht nur für sie, sondern auch für die Stadt, die eigens eine Zille ausrüstete und mit einer erfahrenen Mannschaft aus der Fischerzunft bemannte, damit Agatha relativ schnell und bequem stromabwärts nach Regensburg gelangen konnte.

Aber am Ende ihres Lebens war sie nur noch ein lästiger Widerpart zur herrschenden Stadtregierung und der lutherischen Orthodoxie, es wurde versucht, sie zu vertreiben, doch sie hielt dem Stand, nur ihre Magd und Vertraute musste in die Verbannung und viele der Hausfreunde, die sich um sie versammelt hatten. Als sie starb, wurde sie wie eine Ketzerin verscharrt, ohne Sargdeckel, ohne kirchlichen Segen: Sie wurde als Häretikerin angesehen, verbunden der Sekte der Schwenckfeldianer, sogar als deren Oberhaupt vermutet – die „Streichersekte" nannte man sie in Ulm.

Caspar von Schwenckfeld war ein Freund ihrer Eltern gewesen, hatte diese besucht wann immer er in Ulm war und hielt in deren Haus auch Versammlungen ab; zuerst geschützt durch seine Freundschaft mit dem Bürgermeister Bernhard

Besserer, dessen Hausgenosse er geworden war, später jedoch verfolgt durch die evangelisch-lutherische Kirche, die ihn auf einer Theologenversammlung in Schmalkalden als Häretiker verurteilt hatte, dessen Schriften und Bücher bei Strafe nicht weiter verbreitet werden durften.

Ein Haftbefehl gegen ihn wurde ausgestellt, er musste sich verborgen halten, fürchtete, ein ähnliches Schicksal wie Miguel Servetus zu erleiden, der in Genf auf Betreiben Calvins seiner Lehre wegen auf dem Scheiterhaufen verbrannt worden war.

Als Agatha erfuhr, dass er durch das unstete Leben in seinem hohen Alter, welches er inzwischen erreicht hatte, krank geworden war, brachte sie ihn heimlich bei sich unter um ihn zu pflegen. In ihrem Haus starb er, nach einem halben Jahr der Bettlägerigkeit, umsorgt von Agatha und ihrer Familie. Und wurde, wie es als Gerücht herumging, im Keller des Hauses begraben, um ihm die entwürdigende posthume Inszenierung eines Ketzerbegräbnisses zu ersparen.

Faulhaber war mit dieser schön gruseligen Sage aufgewachsen; wenn er als Kind und Halbwüchsiger an dem schmalgiebligen, fünfgeschossigen Haus der Familie Streicher in der Langestraße Nr. 10 vorüberging erinnerte er sich manchmal an das

Gemunkel vom heimlich vergrabenen Ketzer im Keller des Hauses und lief ein wenig schneller weiter. Es gab noch immer die Spuren ihres Glaubens in Ulm, kleine Zirkel, die sich gehalten und fortgepflanzt hatten, Bücher, die weitergereicht wurden, Sympathisanten der theologischen Richtung Schwenckfelds.

Und Noah Kolb war einer von ihnen gewesen, auch aus diesem Grund wurde er selbst, Faulhaber, immer wieder mit Schwenckfeld in Verbindung gebracht. Vor sich selbst musste er zugeben, dass da etwas daran war, offiziell stritt er es allerdings energisch ab, denn er hatte schon genug Schwierigkeiten mit seinen sonstigen unorthodoxen Ansichten; so bezichtigte ihn der Superintendent Dieterich, ein Anhänger Valentin Weigels zu sein, er musste solchen Unterstellungen nicht Nahrung geben, indem er offen einem Glauben anhing, der seit langem verfemt und abgedrängt war.

Noah hatte eines der Bücher aus der Bibliothek der Streichers besessen, wie er daran gekommen war wusste Faulhaber nicht. Als versucht wurde, Agatha den Prozess zu machen, wurden auch ihre Bücher konfisziert, doch Bücher können versteckt und alsbald wieder in den Lesekreislauf zurückgebracht werden.

***

Einmal sagte Noah zu ihm, auf dieselbe Art, wie dieser ein Rosenkreuzer, sei er selbst ein Bruder des Freien Geistes. Das war damals gewesen, als die erste Rosenkreuzerschrift erschien. Faulhaber verstand ihn so, dass auch Noah sich seine Weltsicht und Glaubenssätze selbst zusammengesucht hatte (gleich ihm mit seinem Rosenkreuzertum) und derart auf Gedanken gekommen war, wie sie ähnlich bereits vor zweihundert oder dreihundert Jahren in der Ulmer Gegend umhergetragen worden waren, als ketzerisch von Geistlichkeit und Herrschaft bekämpft und unterdrückt, doch nie völlig ausgerottet.

Ein Bruder des Freien Geistes war ein freier Geist: unabhängig von den Autoritäten, die beanspruchten, zu wissen, was die wahre Lehre und die letzte Wahrheit wäre und deswegen kein zu eigenwilliges Denken neben ihrem eigenen duldeten. Ein freier Geist war aber auch jemand, der sich an keine anderen Regeln hielt als an diejenigen, die er sich selbst gab. Oder ohne Regeln auskam, aus dem Augenblick heraus agierte und reagierte. Denn alles, was er tat war gut. War richtig, war angemessen. Er war ein Vollkommener, hatte sich selbst zu einem solchen gemacht und stand nun über der Menge der zurückgebliebenen Unvollkommenen, die sich an festgelegten Regeln halten mussten, um einen Leitfaden und Führung zu haben.

Noahs Sicht auf einen solchen freien Geist war freilich durch seine rebellische Grundhaltung getönt, von Trotz und Dagegen sein; ihm gefiel der Gedanke der Selbstermächtigung, den er umstandslos aus dem Feld der religiösen Vorstellungen auf das alltägliche Leben übertrug. So war das bestimmt nicht von der alten Margaretha gemeint, seiner Gesprächspartnerin, Mentorin und Gewährsfrau in diesen Dingen, die in dem „Sammlung" genannten Gebäudekomplex in der Frauengasse wohnte, eines Stiftes, in dem das Erbe seiner ursprünglichen Begründung durch die Beginen noch immer untergründig weiterwirkte.

Gewiss fielen seine Bewohnerinnen nicht durch häretische Umtriebe oder freigeistig-freizügige Aktivitäten auf, obwohl ihnen solche manchmal von missgünstigen Außenstehenden nachgeredet wurden – auch Vorurteile halten sich oft jahrhundertelang – doch ihre religiöse Haltung war weiterhin von der mittelalterlichen Sehnsucht nach intimer, direkter Erfahrung im Umgang mit Gott geprägt, in der kein Priester und kein Papst sich einzumischen hatte, auf die jetzige Situation übertragen: kein Superintendent Dieterich und kein Religionsherr und kein Ratsbeschluss.

Und noch führten sie um ihrer wirtschaftlichen und geistigen Unabhängigkeit willens letzte Rückzugsgefechte, die überkommenen Privilegien einstiger Größe behalten zu dürfen. Religiöse Toleranz und Ausrichtung auf praktisches Tun und tatkräftige Hilfe war ihre Richtschnur; diese Lebensführung wurde gespeist durch einen Vorrat an überlieferten Exerzitien, Meditationsanweisungen und -texten, welche ihren Alltag überhöhten und kräftigten. Es waren nur Bruchstücke einer geheimen – weil als ketzerisch verurteilten – Lehre, die sich durch die Zeiten erhalten hatten und die für Noah in den Gesprächen mit Margaretha zu Tage traten, doch gerade diese waren es, welche seine Gedanken in Bewegung setzten und ihn zu dem ältlichen Fräulein führten.

In ihrem mit Kissen ausgepolsterten Lehnstuhl saß sie ihrem Besucher gegenüber, weißhaarig und durch die Jahre geschrumpft und Verschrumpelt, wie eine Backpflaume oder irgendein anderes Dörrobst (so sein wenig respektvoller Gedanke), doch ihre Augen strahlten von innerem Leben; da war die Ermattung nicht zu spüren, die sich durch ihr hohes Alter auf den Leib gelegt hatte. Sie trug die Tracht der Sammlungsfrauen, an der sie und ihre Mitschwestern erkannt wurden, wenn sie in den Straßen der Stadt unterwegs waren: eine mit Rüschenspitzen gesäumte runde Haube samt einem entsprechenden gewellten Spitzenkragen über einem gefältelten weiten Umhangtuch, welches ihre magere Gestalt als nun viel zu groß für ihren kleiner gewordenen Körper umhüllte.

Nichts lag ihr ferner als sich aufrührerisch oder subversiv aufzuführen oder gar okkulte und obszöne Riten zu praktizieren um ihr Freigelassen sein von Konvention und überkommener Sitte zu beweisen. Über diese Unterstellung hätte sie zuerst gelacht und wäre dann empört gewesen. Doch mochte sie Noah, der manchmal zu diesen Dingen neigte (allerdings eher in Gedanken und mit aller Vorsicht, die sich dabei empfahl), und Noah mochte sie. Er entfaltete gegenüber der alten Dame seinen frauenverklärenden Charme, nicht um etwas zu erreichen, sondern als Huldigung an sie, und sie nahm die Huldigung an und genoss sie, ein wenig belustigt und durch ihre Altersweisheit gefiltert und relativiert. Aber im Gespräch war sie die Gebende. Sie war ein Bürge für die Wahrheit seiner Einsichten, eine der Quellen, aus denen er seine Überzeugungen schöpfte.

Daneben gab es noch die Schriften Schwenckfelds und auch des Sebastian Francks, eines weiteren ehemaligen Ulmer Mitbürgers, der seine Spuren in der Reichstadt hinterlassen hatte. Auf demselben Konvent in Schmalkalden, in der Schwenckfeld als

Häretiker verdammt wurde, war auch Franck zum Ketzer gemacht worden. Doch die versammelten Gründungsväter der evangelisch-lutherischen Kirche hatten zwar die definitorische Macht, festzulegen, was rechtgläubig war und was nicht, was des Teufels war und was der wahre Glaube, doch nicht die Macht, solche ausgegrenzten Gedanken völlig auszulöschen, wie sehr sie sich auch darum bemühten, indem sie Bücher verboten und deren Autoren und Leser verfolgten oder sogar hinrichteten.

Schwenckfeld und Franck waren beide als Schwärmer, Schwarmgeister, als „spiritualistisch" verdammt worden, und wer mit ihnen im selben Geist seine religiösen Überzeugungen lebte, wurde ihnen gleichgestellt. Spiritualistisch war das Schimpfwort dafür, dass jemand der Überzeugung war, es käme einzig auf den innerlichen Zugang zu den göttlichen Wirkungskräften an, nur was real im eigenen Innern lebte, als Glaubensgewissheit oder Erfahrung des Göttlichen, hätte Wert und Wirklichkeit, alles Verordnete, Befohlene, äußerlich Angenommene und Nachgebetene wäre bedeutungslos und bloß den Mächten der Welt geschuldet. Zwangsherrschaft in Glaubensfragen war für Schwenckfeld und Franck etwas Absurdes. Toleranz die hieraus folgende Praxis, um der Vielfalt der individuellen Zugänge, die sich daraus ergaben, gerecht zu werden. Dass damit keine religiösen Lager und Parteien mehr möglich waren, lag auf der Hand. Keine Konfession, was ja das Bekenntnis zu aufgeschriebenen Glaubensartikeln bedeutet. Kein Papst in Rom, der seinen Anhängern die rechte Religion vorgab. Kein Superintendent in Ulm, der streng darüber wachte, ob man sich an die verordneten Regeln der Religionsausübung hielt – andernfalls konnte man aus der Gemeinschaft der Stadt ausgeschlossen, vor die Tore gesetzt und „iber dr Bach – (die Donau) – gedrieba werde", wie man so sagte.

Besonders gefiel Noah der Satz Francks, dass „man einem jeden sein Gewissen und Glauben vor Gott frei ließe, es glaube gleich einer an Käs und Brot, wollt er's nicht anders". Doch in der Realität herrschte das genaue Gegenteil. Intoleranz war das Selbstverständliche, Konfession das unangefochtene Prinzip, Religionszugehörigkeit bestimmte das Schicksal. Und das hatte sich seit den Tagen Francks nicht geändert, im Gegenteil, der Druck zur Konformität war eher gewachsen, die beiden großen Parteien – Katholiken und Protestanten – standen sich unversöhnlich und kampfbereit gegenüber, da durfte kein Abweichler das eigene Lager schwächen.

***

Faulhaber wurde aus seiner meditativen Versenkung herausgerissen. Hatte er einen Schrei gehört, ein quengelndes Wimmern, oder bildete er es sich nur ein? Stille war um ihn. Das Leben im Haus schien wie eingefroren, bewegungslos. Niemand ging durch die Flure, stieg die Treppen hinauf oder hinab, rührte sich auch nur. Die Wucht des Entsetzlichen drückte jeden Bewohner nieder, bannte ihn an seinen Ort, ließ jeden sich in seine eigene Zuflucht verkriechen, die doch keine war, keine sein konnte. So wie er sich diese leere Stube ausgesucht hatte, nicht zur Rettung, zur Besinnung. Seine Gedanken kehrten zur Konzentration zurück, sammelten sich wieder.

„Es wird ein Krieg kommen. Die Streitrösser stehen schon auf Position, bereit loszustürmen. Die Frontlinien sind abgesteckt. Koalitionen haben sich gebildet. Unwetter brauen sich zusammen, ziehen von Süden, Norden, Osten, Westen heran, und wehe, wenn sie zusammentreffen, ein Blitzen und Donnern wird überall sein, nichts und niemand wird davon verschont werden.
Doch wir sollen diese dunklen Sturmwolken nicht als bloße Unheilszeichen nehmen, sondern als Ankündigung des Heils: Es wird der letzte, endgültige Sturm sein, der sich gerade aufbaut, und er wird alle Übel hinwegblasen. Wird den Erdkreis

frei räumen zur Millenniumsfeier, die dann alle Gerechten gemeinsam begehen können..."

Das war Noahs Thema, Inhalt seiner Träume und Visionen – der große, notwendige Krieg vor der Errichtung des letzten, des Friedensreiches. Gemäß der Prophezeiung der Bibel von Gog und Magog, von den vier Reichen, den vier Tieren –Löwe, Bär, Panther, das unbenannte Tier mit den zehn Hörnern – und dem Kampf von Löwe und Adler, wie ihn ebenso Paracelsus beschrieb.

Vor allem dessen Vorhersage war es, welche Noah und ihn beschäftigte. Allerdings waren sie uneins über die wahrscheinliche Identität des Löwen aus Mitternacht, wie er von Paracelsus nach den Büchern Esra und Daniel im Alten Testament als König aus dem Norden und Friedensherrscher im letzten Akt der Weltgeschichte angekündigt worden war.

„Zu eben dieser Zeit wird ein Löwe von Mitternacht kommen, welcher dem Adler nachfolgen und ihn mit der Zeit übertreffen wird... Der Löwe aus Mitternacht wird den grausamen Feind stürtzen, vertilgen und ausrotten... Alsdann wird allenthalben Frieden, Ruhe und Einigkeit seyn... als denn wird das Ende nicht ferne seyn."

Diese Prophezeiung war lange schon im Umlauf gewesen, bevor sie in der Antwort Haslmayers auf die Fama Fraternitatis, als Anhang dieser

110

beigefügt, mit den Rosenkreuzern in Verbindung gebracht wurde. Simon Studion und Tobias Hess in Tübingen, die beide sich mit der Prophezeiung befasst hatten und auch eigene Berechnungen dazu vorlegten, wollten ihren Herzog Friedrich zu diesem Löwen erklären – doch der Herzog weigerte sich klugerweise, diese Rolle zu übernehmen, wie nach ihm auch andere Fürsten.

König Henri IV von Frankreich war nicht nur in den Augen Noahs und Faulhabers der wahrscheinlichste Anwärter auf diesen Titel, obwohl ohne Löwenwappen, doch seine Persönlichkeit und seine Position im europäischen Machtgefüge machten ihn zum besten Prätendenten dafür. Wie ein Blitz schlug daher die Nachricht bei den beiden ein, dass der König in Paris erdolcht worden war, im geschichtsträchtigen Moment, als er mit seinem Heer aufbrechen wollte, um dem protestantischen Kurfürst von Brandenburg in einem Erbfolgestreit gegen die Spanisch-Habsburgischen (dem Adler!) zu Hilfe zu kommen.

Faulhaber erinnerte sich noch genau an den Augenblick, als Noah ihm voller Erregung durch das ebenerdig zum Hof geöffnete Fenster seiner Schulstube zurief, was geschehen war. Noah und er waren der Meinung, dass hinter dieser Tat eine Verschwörung stehen musste, die genau dies verhindern wollte: dass der König zum Löwen aus

Mitternacht wurde, er die ihm von der Vorsehung zugedachte Rolle übernahm.

Faulhabers Überzeugung von einer Verschwörung verstärkte sich noch, als eine weitere Hoffnung zunichte wurde: Er hatte, diesmal im Gegensatz zu Noah, der den König Christian IV von Dänemark und Norwegen für den neuen Auserwählten hielt, in dessen Neffen, dem jungen Prinzen von Wales, Sohn Jakobs I von England und dessen dänischer Ehefrau, den künftigen Führer im Endkampf gesehen. Alles deutete für ihn darauf hin: Abstammung, Löwenwappen (der aufgerichtete rote Löwe im Wappen des Prinzen von Wales), Alter, Persönlichkeit – Prinz Henry wurde als ein einnehmender, charakterfester, intelligenter junger Mann beschrieben – jemand, der die ihm zukommende große Aufgabe würde erfüllen können, wenn er für sie vorbereitet worden und in sie hineingewachsen war.

Doch Henry starb mit 18 Jahren, plötzlich und unerwartet. Die offizielle Version sprach von einem tödlichen Fieber, man munkelte jedoch von Gift, um das Bestürzende zu erklären. Während Noah bis zuletzt an der Überzeugung festhielt, der dänische König, welcher dabei war, seine Macht zu stärken, indem er zuerst gegen die Schweden vorging und sich dann nach Süden dem Reich zuwandte, wäre der vorhergesehene Löwe, bereit zum Sprung auf den Habsburgadler, führten Faulhabers Überlegungen zu einer anderen Persönlichkeit: Auch er war , wie viele, von der Verbindung Friedrichs V von der Pfalz mit der Schwester des verstorbenen Prinzen von Wales, der Prinzessin Elisabeth, angetan. Friedrich war um zwei Jahre jünger als der englische Prinz und hielt sich gerade zur Werbung um Elisabeth in England auf, als deren Bruder so überraschend verstarb.

Für Faulhaber wechselte damit die Hoffnung auf Erfüllung der Prophezeiung von Henry zum noch jugendlicheren Pfälzischen Kurfürsten, dem nominellen Führer der protestantischen Union. Diesmal war es jemand, der seine Rolle bewusst annahm. Und sich so als Hauptperson im Textbuch eines vor langer Zeit geschriebenen Dramas fand, dessen Handlung sich allerdings nicht an den vorgesehenen Ablauf hielt und für ihn und seine Anhänger zur ausweglosen Tragödie wurde.

Nach dem bitteren Ende auch dieser Hoffnung sah es lange Zeit so aus, als ob die Prophezeiung insgesamt untergegangen wäre, durch das faktische Geschehen überholt und widerlegt. Doch in Gustav Adolf von Schweden trat sie erneut auf den Plan: Wie der vorhergesagte Löwe kam ein Kriegsheld aus Mitternacht, dem Hohen Norden, ins Reich gezogen, sich siegreich für die Sache der fast schon am Boden liegenden Protestanten einsetzend und das Blatt wendend. Konnte es sein, dass eine Prophezeiung, gegen alle Widerstände, sich die Akteure zu ihrer Erfüllung selbst aussuchte und heranbildete? Dass die Prophezeiung selbst eine treibende Kraft im geschichtlichen Geschehen war, die Notwendigkeit ihrer Erfüllung immer wieder neue Wege suchte, geeignete Personen in Stellung zu bringen, die das Ereignis herbeiführen konnten? War das Vorsehung? Konnte man darauf bauen? Wenn es Finalursachen gab, wie von den Philosophen allgemein angenommen, und das Ende der Weltgeschichte war ja wohl das Finalste, was es geben konnte, warum sollte sich dieses Ende nicht selbst inszenieren?

Und welche Wendung durfte man noch erwarten, nachdem diese Hoffnung ebenso enttäuscht worden war? Faulhaber jedoch berührte dies alles nicht mehr, er verabschiedete sich von großer und kleiner Geschichte, die so lange seine Aufmerksamkeit beansprucht hatten und bereitete sich auf sein persönliches Ende vor: Was wohl war der Tod?

VI

Faulhaber, und durch ihn auch Noah, war durch die Aufregung angesteckt worden, die durch das Erscheinen einer Schrift verursacht worden war, verlegt und gedruckt in Kassel durch Wilhelm Wessel. Von ihrem Verfasser war nichts bekannt, was jedoch kaum etwas Ungewöhnliches war, im Gegenteil, Pseudonyme florierten und anonyme Veröffentlichungen waren fast die Regel. Hinter einer Maske verborgen, konnten wüste Beschimpfungen genauso gut publiziert werden, wie abweichende, häretische Gedanken, und ihre Urheber waren vor Verfolgung oder Revanchegelüste geschützt. Manchmal konnte man allerdings hinter die Maske schauen, wenn der Autor zu offensichtlich eine Fährte zu sich selbst gelegt hatte – ob absichtlich oder unabsichtlich.

In diesem Fall jedoch gab es keine Fährte. Und das machte einen großen Teil der Aufgeregtheit und der Diskussionen in den an dieser Schrift interessierten Zirkeln aus. Man sprach darüber. Man, das waren untereinander verbundene Kreise von Menschen, die in einem intellektuellen Austausch standen und sich gegenseitig über die neuesten Entwicklungen im kulturellen und wissenschaftlichen Leben informierten. In privaten Briefen, in persönlichen Begegnungen, über gedruckte Veröffentlichungen und öffentliche Erwiderung darauf. Bewegt durch ihr gemeinsames Interesse an den Vorgängen in der Welt und den Rätseln der Natur, die aufzudecken waren. Und es gab mehr aufzudecken, zu entdecken, zu erfinden und neu

zu bewerten als es altes gab, was sicher und un-
bezweifelbar war. Eigentlich war nichts unbezwei-
felbar. Und das war aufregend, anregend, span-
nend, erfrischend und berauschend.

Jedoch gab es gleichzeitig gegenteilige Tendenzen und Erfahrungen: Es gab zu viel Erdrücken-
des, Bedrohliches, Angst machendes in der Welt.
Zu viele unterdrückende Gewalten, um nicht realistischer Weise einen eher metaphysischen als
physischen Ausgang daraus für möglich zu halten. Nichts konnte diesen Zustand, so wie er sich
darbot, grundlegend ändern – und es musste sich
dennoch etwas ändern, denn so war es nicht in
Ordnung. Widersprach dem Gefühl für Gerechtigkeit, dem Sinn für Wahrheit, moralische Integrität
und Rechtschaffenheit.

Die „Fama Fraternitatis", die Kasseler Schrift,
wirkte in dieser Situation wie ein Paukenschlag,
wie eine Trompetenfanfare, die durch das ganze
Land hallte. Und so auch verstanden wurde: als
Weckruf, als Aufruf. Auch von Faulhaber.

Eine Reformation der ganzen Welt! Die Ankündigung der Offenbarung von Geheimnissen der Natur und Geschichte! Der Auftritt einer Gemeinschaft, eines Ordens von Wissenden, der Rosenkreuzer, bisher verborgen geblieben!

Das alles entsprach einer tiefempfundenen Notwendigkeit. Es war an der Zeit. Und war für

Faulhaber wie eine Bestätigung seiner eigenen Hoffnungen.

Er sagte zu Noah: „Ich habe auf die Rosenkreuzer gewartet. Ich wusste nicht, dass es sie gibt, ich wusste nur, es müsste sie geben, müsste jemand geben wie sie. Die Zeit ist reif dafür, dass endlich alle Geheimnisse enthüllt werden, alle Dunkelheit weicht. Licht muss werden. Und wo wir nicht selbst zur Erkenntnis durchdringen können, wird sie uns eröffnet werden. Wenn alle Verhältnisse zurechtgerückt werden, alles Falsche aus der Welt verschwindet, wird auch die Schranke unseres Unvermögens, uns selbst und die Welt zu verstehen endlich fallen.

Schau dich um, was siehst du? Not. Elend. Schmerz und Angst. Und Verhärtung im Glauben, Streit im Glauben, Verfinsterung im Glauben. Wir leben im Unverstand, deswegen dieser Zustand. Hier muss die große Veränderung eintreten. Was in diesen Schriften geschrieben steht, ist Teil dieser Veränderung. Du hattest recht, es fängt schon an, wir werden es noch erleben."

Für Noah spitze sich alle Veränderung auf das notwendige Eintreten der Endzeit zu: Das Weltgericht war die einzige, die radikale Lösung. Faulhaber folgte ihm in dieser Meinung. Doch glaubte er wiederum auch an die Möglichkeit, kleine

Verbesserungen in den bestehenden Zustand einführen zu können, durch Erfindungen etwa, welches das Los der Arbeitenden erleichtern konnten
(seine Haus- oder Handmühle war so eine Erfindung), durch neue Techniken, neue Erkenntnisse;
und er glaubte auch daran, dass es gut und wichtig war, sich um ein tiefer gehendes Verständnis
der Welt, des Kosmos zu bemühen. Um nicht mehr
nur ein unter den Umständen Leidender zu sein,
sondern ein Handelnder. Ein aus Erkenntnis Handelnder. Ein Gestalter der Welt, nicht nur ein pas-
siver Betrachter, den Zufällen des Daseins oder eines unabwendbaren Schicksals ausgesetzt.

Das Manifest der Rosenkreuzer versprach ihm genau dies: Erkenntnisse, die eröffnet werden würden, eine grundlegende Reform der Lebensver-
hältnisse, die sich daraus ergab. Und, zusammen
mit der Prophezeiung des Paracelsus, ein Szenario
der Umwälzung des Bestehenden in Richtung der
Gerechten Ordnung.

Das Erscheinen des Elias Artista, von Paracelsus
verkündet, war dabei von Bedeutung: Elias war als
der Begründer des neuen Zeitalters vorherbe-
stimmt. Von Joachim von Fiore und von Jesus
selbst vorhergesagt – so die Interpretation der
Worte Jesus über Elias, der zukünftig kommen und
alles zurechtrücken werde. Von Elias Hervortreten
konnte man die Auflösung der Rätselwand

erhoffen, die das Verständnis dessen, was einen umgab und ausmachte – die Welt war so reich, so groß, so wunderbar – bisher undurchdringlich versperrte. Wie wenig verstand man schon von allem!

Faulhaber wusste sich auf dem Weg zur Klarheit auf seinem Gebiet, der Mathematik, an vorderster Front, doch wusste er auch, wie viel noch herauszufinden war und was für ein weites Feld noch vor ihm lag. Das Programm der Rosenkreuzer war auch das seine: Religion und Theologie zu verbessern, die Wissenschaft durch das Verständnis des Makrokosmos und die Erkenntnis des Menschen als Mikrokosmos zum Ursprung des Wissens zurückzuführen und alle neuen Entdeckungen in dieses Gesamtbild einzuordnen; eine Gemeinschaft von Forschenden, Wissenden, von Weisen zu haben, welche untereinander in fruchtbarer Verbindung standen, das Ergebnis ihrer Forschungen miteinander teilend und zusammentragend. Die auf diese Weise der Gesellschaft Maßstäbe und Lenkung geben konnten: als hilfreiche Führer in einer heillosen, unwissenden Welt.

***

Sein Dauergespräch mit dem Freund, ob in der Realität oder später in Abwesenheit, bildete lange Zeit eine gewichtige Konstante seiner Entwicklung – oder war es in Wirklichkeit schon immer eher ein Monolog gewesen den er geführt hatte, seinem Widerpart die Stichworte in den Mund legend und dessen Zustimmen oder Schweigen oder wenigstens nicht zu heftig Widersprechen in seine eigene Rede übersetzend?

„Jetzt dämmert eine Umbruchszeit. Oder soll ich besser sagen: Endzeit? Veränderungen kommen. Veränderungen werden heftig ersehnt, sind dringend notwendig, in allen Bereichen. Die letzten drei oder vier Generationen vor uns haben eine ungeheure Erweiterung ihrer Kenntnisse über die Welt erfahren; in dem Jahr als ich geboren wurde gab es erst die zweite Weltumseglung überhaupt, inzwischen umrunden Schiffe wie selbstverständlich die Erde, in den Häfen der Niederlande werden die seltensten und seltsamsten Dinge an Land gebracht, unsere Ingenieurskunst entwickelt sich über die der Alten hinaus, wir stehen an der Schwelle eines neuen Verständnisses des Kosmos, davon bin ich überzeugt.
Die Aufgabe unserer eigenen Generation wäre es nun, eine Erweiterung und Neuformung von Wissenschaft und Religion in Gange zu setzen. Überall gärt ein neues Wissen und Gewissen: Wir wollen uns unbefangen von tradiertem Bücherwissen

und orthodoxen, festgeschriebenen Lehrmeinungen der geschaffenen und schaffenden Natur zuwenden und aus diesem Erkenntnisgewinn neue Techniken und medizinisches Heilwissen gewinnen. Vertrauen wir doch unseren eigenen Augen und entwickeln wir dazu neue Instrumente, die unsere Augen dabei unterstützen. Vertrauen wir vor allem darauf, dass in uns selbst die göttliche Erkenntniskraft eingepflanzt ist, die zur Erkenntnis der Natur führen kann, Gleiches erkennt sich im Gleichen, das Licht der Natur wird durch das Licht unseres Geistes erkannt, wie Paracelsus gesagt hat, nehmen wir den Weg, den er gewiesen hat.

Befeuern wir uns durch den Enthusiasmus, der in Giordano Brunos Worten durchbricht, wenn er von dem organischen Zusammenhang aller Wesen und Welten spricht, ja jubelt, davon, dass alle die unzählbaren Welten selbst Wesen sind, einschließlich unserer Sonne und unsere Erde, belebt und beseelt und begeistert.

Jetzt redet man von ihm als einem bösartigen Magier, der wegen seiner häretischen Lehre zurecht in Rom auf dem Blumenfeld bei lebendigem Leib verbrannt worden ist, nackt an einen Pfahl gebunden und mit durch einen Holzknebel abgeklemmter Zunge, damit er seine Wahrheit nicht mehr verkünden oder, wie befürchtet, die Umstehenden verfluchen konnte, – doch war er ein tiefgründender Philosoph, der es gewagt hatte, die kirchlich sanktionierte Naturlehre der Philosophen vor ihm, besonders die des Aristoteles und seiner Epigonen, als falsch anzugreifen.

Studieren wir die Hermetischen Schriften, wie sie uns durch Ficino bekannt gemacht worden sind, das „wie oben, so unten", auch wenn Casaubon und andere uns jetzt nachweisen wollen, dass es diesen Hermes Trismegistos als ägyptischen Eingeweihten nie gegeben hat und seine Schriften eine Fälschung der Christen gewesen seien – darauf kommt es doch nicht an, es ist nicht die Autorität der gesicherten Überlieferung, die ein Schriftstück zu etwas macht, was Beachtung verdient, sondern der Geist, der aus der Schrift zu uns spricht, und was er uns sagt.

Praktizieren wir die alchemistische Umwandlung des Stoffes, auch wenn mühselig, oder gerade weil mühselig, damit wir dem Geheimnis der Materie Prima näher kommen und auch an unserer eigenen Umwandlung in einen geläuterten, vollkommenen Menschen arbeiten, der dem Buchstaben Taw der Kabbalisten entspricht.

Studieren wir die Geheimnisse der Kabbala, die in ihr dargebotenen Zahlenmysterien, um uns ans Prophetentum und die Offenbarungen anschließen zu können. Beschäftigen wir uns mit der natürlichen Magie, wie sie in und durch alle Wesen wirkt, und erforschen wir ihre Gesetze, den großen Zusammenhang des Ganzen ausleuchtend, wie alles durch Ähnlichkeit und Resonanz zusammengefügt und ineinander gewoben ist, wie in einem herrlichen Bildgewebe.

Erweitern wir unser Wissen und unsere Wirkmöglichkeiten nach allen Richtungen, über alle bisherigen Grenzen hinaus, unbefangen und voraussetzungslos, doch geleitet durch die Anregung großer Geister wie Pico della Mirandola, Reuchlin, Trithemius, Agrippa, oder, von vor nicht allzu langer Zeit, John Dee und Khunrath, und ebenso durch das Wahrnehmen anderer Mitwanderer auf dem Weg wie Robert Fludd in England und Michael Maier in Böhmen und Magdeburg.

Setzen wir darauf, dass ein erneuerter Glaube, neue Naturerkenntnisse, neue Ingenieurtechniken das Leben auf der Erde verbessern und den Menschen Erleichterung bringen werden…"

Faulhaber glaubte an Entwicklung. An eine Entwicklung, die zu einem Ziel führte. Zur Rückführung ins göttliche Wesen aller Dinge. Zur Rückführung aller Dinge ins Göttliche Wesen. Und dem Menschen kam dabei eine Schlüsselrolle zu. Er sollte sich zu sich selbst entfalten, zu seinem eigenen Urbild – dem Ur-Adam, dem Adam Kadmon gleich – als Adam Eschatos, dem Zielpunkt der menschlichen Evolution. Und auf diesem Weg nahm er die ihn umgebende Natur mit. Seine eigenverantwortliche Entwicklung umfasste auch die Naturreiche, für die er ebenso Verantwortung und Fürsorge zu übernehmen hatte.

Als Alchemist arbeitete Faulhaber an der Sublimierung seiner selbst und gleichzeitig an der Sublimierung des Stoffes, den er von Stufe zu Stufe läuterte und veredelte – von Blei zu Gold. Sieben Schritte der Wandlung. Diesen Prozess galt es überall durchzuführen, in den Reichen der Natur, in der eigenen Seele, auch in der Gesellschaft, deren Zusammenhalt und Regulierung aus der Rohheit der Gewaltherrschaft, wie sie die bisherige Geschichte fast durchgängig zeigte, in ein freilassendes Zusammenspiel aller Individuen überführt werden sollte.

Dazu bedurfte es Menschen, die aus Wissen um diese Dinge Anleitung geben konnten, wie die Verhältnisse einzurichten wären. Es bedurfte des Zusammenschlusses aller Wissenden in einer ideellen Lehrgemeinschaft, die sich gegenseitig Unterstützung und Kräftigung gaben. Egal, ob sie zur selben Zeit lebten und sich daher im Räumlichen treffen konnten, oder ob sie durch Raum und Zeit getrennt waren – durch ihre gemeinsame

Arbeit am Großen Werk waren sie miteinander verbunden. Wie etwa die Rosenkreuzer?

Und es bedurfte, davon war er zutiefst überzeugt, der Hilfe von Oben; nur geistdurchdrungene Menschen konnten Heilsames in die Welt bringen. Aber das war ja das Versprechen, das gegeben worden war: In dem Gedanken von den sich in der Zeit nacheinander realisierenden Drei Reichen – aufgegriffen und als Prophezeiung formuliert von Joachim von Fiore vor über vierhundert Jahren in Italien.

Das Reich des Heiligen Geistes stand nun bevor. Die Zeit, in welcher der Geist des Menschen aus seiner Vereinzelung und seiner Verbannung erlöst werden und er wieder Anschluss an die reinen Sphären der Geistigen Welt finden würde. Die neue Epoche, in der Wissen wieder Wahrheit und nicht nur Kenntnis war. Die Zeit der unmittelbaren Wahrheit, ausgegossen in jede dafür aufgeschlossene, davon ergriffene Seele. Anders als jetzt, in der es zwar auch Geistergriffene gab (und für ihn zählte Noah dazu, wenn er aus Enthusiasmus sprach), doch jeder auf seine eigene, eigensinnige Weise, oft sich gegenseitig widersprechend, oft deswegen verfeindet.

Faulhaber wollte in der Wahrheit sein. Und er wollte sie mit anderen teilen, sonst wäre sie keine Wahrheit, seinem Verständnis nach. Die

Wahrheitsteilenden wären dann die Gemeinschaft der vom Geist der Wahrheit ergriffenen.

Joachim von Fiore schrieb, das dritte Zeitalter wird dasjenige der Freiheit, der Liebe, der Fülle der Erkenntnis sein. Aus der Knechtschaft und dem Sklavengehorsam des ersten Zeitalters führt der Weg über das zweite Zeitalter des Gehorsams der Söhne zur Freiheit der in Freundschaft Verbundenen. Aus der Furcht über den Glauben zur Liebe. Aus dem studierten Wissen zur Weisheit und weiter zur Fülle der Erkenntnis. Und dass der wiedergekommene Elias der Eröffner, Vorsteher und Lehrer des Neuen Zeitalters sein werde.

Das nahm Faulhaber auf. Da durch Elias die Fülle der Erkenntnis zugänglich gemacht werden wird, ist das dritte Zeitalter zugleich ein Zeitalter des Friedens: Der Streit, der aus den unterschiedlichen, beschränkten Standpunkten entsteht, wird aufgehoben sein. Das Friedensreich wird eingerichtet werden: Der Kampf, der aus der Existenz zerstörerischer Kräfte entspringt, wird sein Ende finden. Harmonie wird sein. Weltmusik.

VII

Faulhaber und Rektor Hebenstreit stiegen die enge, endlose Wendeltreppe zum Turm empor, eine Drehung nach der anderen, doch bevor es einem durch die immer weitergehend einförmige Bewegung schwindelig werden konnte, unterbrach ein Absatz den Aufstieg und nach einem kurzen ebenen Gangstück betrat man ein weiteres Treppenhaus, welches den Ausgleich durch Gegendrehung brachte. Sie waren unterwegs zur Himmelsbeobachtung, auf der Münsterturmplattform wollten sie den klaren Nachthimmel ausnutzen und die Sterne studieren.

Eigentlich nicht die Sterne; Faulhaber wollte eine Aussage von ihm, schon vor fünf Jahren gemacht und vor einem Jahr in einem Kalender veröffentlicht, auf ihre Richtigkeit hin überprüfen. Er hoffte auf eine Bestätigung seiner damaligen Vorhersage eines Kometen, der sich zum 1.September 1618 zeigen sollte. Nun war es Ende August, und er wartete schon seit Tagen ungeduldig auf dessen Ankunft und beobachtete daher aufmerksam den Himmel; zwar nicht jede Nacht – schließlich hatte er noch andere Dinge zu tun – doch sooft, wie es ihm möglich war. Heute hatte er Rektor Hebenstreit mitgenommen, wer weiß, ob er nicht einen gut beleumundeten Zeugen gebrauchen konnte.

Mit bloßem Auge war es schwer, eine Erscheinung zu registrieren, die noch ganz am Anfang ihrer Entwicklung stehen musste, später würde wahrscheinlich jedermann den Kometenschweif beobachten können; es gab bildliche Überlieferungen von Kometen, die den ganzen Nachthimmel zu überspannen schienen. Und vier Augen sahen möglicherweise mehr als nur zwei (obwohl, bei Rektor Hebenstreit war er sich in dieser Hinsicht nicht ganz sicher).

Ach, wie gerne hätte er für seine Kometensuche eines dieser italienischen Telescopi gehabt, wie sie von Galilei zu seinen Planetenbeobachtungen benutzt und populär gemacht worden waren. Das beste Glas für die Linsen eines solchen Instruments wurde noch immer in Venedig hergestellt; durch die Tuchkaufleute der Stadt, die von dort Tuche und Rohstoffe bezogen, gab es hin und her eine gute und direkte Verbindung – doch war ein solches Fernrohr, wie es auf Deutsch genannt wurde, nicht nur für astronomische Beobachtungen gut und teuer, es kostete auch astronomische Summen, so dass sich bisher fast nur Fürsten ein solches Instrument in ihre Kunst- und Wunderkammer stellen konnten.

Sogar jemand wie Kepler hatte in Prag nur für einige Tage leihweise ein Telescopio zur Verfügung gehabt, in aller Eile musste er daher seine

Beobachtungen zur Bestätigung der Galileischen Jupitermonde durch das Vergrößerungsrohr des Kölner Kurfürsten Ernst von Wittelsbach durchführen.

Auch Faulhaber hatte einmal durch ein solch wunderbares Instrument blicken dürfen, in Augsburg, auf dem Himmelsbeobachtungsturm, den sich Fürst Philipp Fugger an sein Wohnhaus hatte anbauen lassen. Mit ihm hatte er anschließend über neue Sterne (der von 1604 war noch nicht vergessen), Sonnenflecken, Mondmeere und auch über möglich Frühentdeckungen von Kometen mit Hilfe des Fernrohres diskutiert.

Doch heute mussten ihm eine sternklare Nacht und ein scharfes Auge genügen. Außerdem wusste er, wo und wonach er Ausschau halten wollte. Dabei half nur ein gründliches Durchmustern des um ihn kreisenden Himmelsglobus nach einem irregulären Phänomen, einer unmerklichen Bewegung (über mehrere Tage hin beobachtet) im sonst fixen Sternengewimmel, einem Häkchen, einem zarten Strich zwischen den funkelnden Strahlenpunkten.

Endlich oben angekommen, begrüßten sie zuerst den Turmwächter, der aus seinem Wächterhaus herausgekommen war, um nach den Besuchern zu schauen – sie waren zwar angemeldet, jedoch mussten sie kontrolliert werden, schließlich durften sich nicht irgendwelche fremde Personen auf der Münsterplattform herumtreiben. Faulhaber und Hebenstreit gingen zur Ostseite, den aufgehenden Himmel zu studieren, da dadurch eine längere Beobachtungszeit gegeben war.

Schweigend benutzten sie ihre Visierinstrumente, um den Himmel Sektor für Sektor überprüfen zu können und nicht orientierungslos im Sternenmeer umher zu irren. Sie hielten sich an das Schema des vor fünfzehn Jahren in Augsburg erschienenen Sternenkatalogs Johan Bayers, die Uranometria, dessen anschauliche Sternbilder und exakten Positionsbestimmungen (nach Tycho Brahe) sie zu Hause studiert hatten, um sich im nächtlichen Lichterfunkeln zurecht zu finden.

Und plötzlich wurde Faulhaber fündig. Da war sein Komet! Wie von ihm vorausgesagt, pünktlich (genau genommen: etwas verfrüht) eingetroffen. Es war für ihn unzweifelhaft: Der dünne Lichtstrich am Nachthimmel, kaum erkennbar, war der gesuchte Irrstern.

Aufgeregt machte er Rektor Hebenstreit auf seine Beobachtung aufmerksam. Er zeigte ihm den genauen Ort, beschrieb anhand der Sternbilder dessen Position in Relation zu bekannten Sternen und bekam schließlich von Hebenstreit die gebrummte Bestätigung, ihn auch gesehen zu haben. Eine ungeheure Freude erfasste Faulhaber. Seine Intuition hatte ihn nicht betrogen! Was er damals den Ephemeriden Keplers abgelesen hatte, wie von einem Blitz getroffen und erleuchtet, hatte sich bewahrheitet. Er fühlte sich dadurch begnadet und gleichzeitig demütig. Nicht er hatte diese Erkenntnis gehabt, sie war ihm gegeben worden. Und damit war sie auch jenseits allen Zweifels, sie kam nicht von ihm und seinen klügelnden Gedanken, sie war höhere Eingebung, war evident.

Jetzt musste er eine Form finden, einen Weg suchen, seine Entdeckung bekannt zu machen, denn er fühlte ihre Bedeutung. Kometen waren nicht irgendetwas. Sie waren Zeichen. Zeichen am Himmel. Sie gingen alle an, verkündeten sie doch allgemeines Schicksal. Und meistens kein günstiges. Oder das, was man ein günstiges nannte. Es war immer Leid, war Krieg, Zerstörung und waren Katastrophen mit dem Erscheinen eines Schweifsterns verbunden. Die Menschen sollten sich durch sein warnendes Auftreten auf etwas vorbereiten, auf etwas einstellen.
Und Faulhaber wusste auch, was es war, auf das man sich einstellen sollte. Der kommende Krieg, der Krieg, der auch ohne einen Kometen vorauszusehen war, würde der endgültige sein, der Endkampf, wie von ihm und Noah vielbesprochen. Der

Komet war nur eine Bestätigung dafür, bezeugte die Bedeutung des Kommenden. Der Komet zeigte die schicksalhafte Notwendigkeit des Kommenden an, seine Unausweichlichkeit. Gott hatte gesprochen. Und ein Versprechen, vor tausend und einigen hunderten von Jahren gegeben, würde eingehalten werden: Es war an der Zeit.

Dank der mathematischen Fähigkeit, die er sich erworben hatte (durch Gnade, durch Fleiß, durch Begabung) war er der Prophet dieses geschichtlichen Augenblickes, musste er in Demut die Bürde dieses Prophetentums auf sich nehmen: Seine Auslegung der Apokalyptischen Zahlen als Pyramidalzahlen und jetzt dazu noch die eingetroffene Vorhersage des Kometenzeichens lasteten ihm dieses Amt auf. Er musste, er wollte sich dieser Verantwortung stellen.

Doch zuerst sollte er weitere Zeugen für seine Entdeckung finden, sollte er Bestätigung durch weitere, unabhängige Beobachter einholen, er konnte nicht davon ausgehen, dass eine bloße Behauptung von ihm geglaubt werden würde. Andere mussten seine Entdeckung verifizieren. Am besten der Professor der Astronomie an der Universität Tübingen, Mästlin, dieser sollte die notwendigen Instrumente und Fähigkeiten dazu haben. Ein gemeinsamer Bekannter, Matthäus Berger in Reutlingen, konnte der Vermittler sein.

So beschloss es Faulhaber, noch immer ungeheuer erregt über die Bestätigung seiner Vorhersage, oben auf dem Münsterturm; über ihm das Lichtpunktgewölbe der klaren Sternennacht, unter ihm das nur in dunklen Umrissen erahnbare, ausgedehnte Dachzickzack des Häusergewirrs rings um den nachtschwarzen Koloss des Münsterkörpers, der die kleine schlafende Welt maßstabslos überragte.

***

Streit und Polemik hatte er erwartet. Überall wurde gestritten; sobald jemand auftrat und etwas zu sagen hatte, erschien bald darauf eine Gegenschrift. Das war üblich. Jemand, der sich in den Tumult der Meinungen stürzte, musste damit rechnen. Womit er aber nicht gerechnet hatte war, wer ihm mit einer solchen Gegenmeinung in den Weg trat. Es war Rektor Hebenstreit: sein, so hatte er gedacht, Freund, sein Sangesbruder, Kollege (was dieser, als Rektor des Gymnasiums, nicht unbedingt unterschreiben würde, doch Faulhaber sah sich als ebenbürtiger Leiter einer Schule), sein Mitstreiter im Kampf gegen das große Tier, dessen Wirken überall in der Gegenwart spürbar war. Und gerade dieser fiel ihm in den Rücken.

Dabei hatte er ihn doch von Anfang an in seine Entdeckung eingeweiht, hatte ihm von der Erleuchtung berichtet, die ihm beim Studium einer Planetenkonstellationen am 1. September 1618 gekommen war: Mond 3.33= Latitude und Mars 3.33= Longitude; wie ihn der Gedanken durchschlagen hatte, dass hier eine Bedeutung vorlag, etwas abgelesen werden konnte, von jemanden, der lesen konnte und offen für Zeichen und Bedeutungen war.

Und das war er doch, nachdem er sich so lange und intensiv mit der Zahl 666 auseinandergesetzt hatte und auch gewohnt war, Zahlen zu summieren und abzuziehen, zu multiplizieren und zu teilen und vielerlei transformierende Operationen mit ihnen durchzuführen, ohne dass sie ihren Zusammenhang mit dem zugrundeliegenden Gesamtwert verloren und fortwährend auf das dabei wirkende Gesetz verwiesen. In immer neuen Beschreibungen fand sich stets dasselbe Resultat verkörpert, bis es schließlich, im Prozess der Entschlüsselung, in einer einzigen Summe vor Augen trat.

Zahlenrätsel war alles. Und er war geübt darin; Zahlenrätsel aufzustellen und aufzulösen. Wie sollte er dann nicht auch ein solches Rätsel erkennen, wenn es ihm am Himmel entgegentrat, aufgezeichnet als Gradeinteilung des Tierkreiszirkels in den Ephemeriden? Und gleich hatte er an einen Schweifstern gedacht, intuitiv. Es war mehr als nur eine Ahnung gewesen, so stark, so unmittelbar, dass es nicht anders als wahr sein konnte. Und hatte Faulhaber nicht mit Hebenstreit das schwache Flämmlein des schließlich eingetroffenen Kometen entdeckt, welcher um den vorausgesagten Termin am 1.September an der vorausgesehenen Stelle der nächtliche Himmelsschale aufgetaucht war; freilich nur sichtbar einem aufmerksamen Beobachter, der seinen erwartungsvollen Blick dorthin wandte, so verwaschen zeigte sich das Phänomen bei seinem ersten Erscheinen – anders als später im November, als alle Welt mit Schrecken den kräftigen Schweif des Irrsterns am Nachthimmel registrierte und von bösen Vorahnungen erfüllt war? Und Hebenstreit hatte ihm doch damals bestätigt, dass er dieselbe Beobachtung gemacht hatte: Der Komet war erschienen!

Aber nun diese Anfeindung. Was für blöde Augen muss jemand haben, um Ende August einen Kometen zu sehen, der erst im November am Himmel aufgetauchte ist, soll Hebenstreit gesagt haben. Und er hatte sich zusammen mit Superintendent Dieterich an die Stadtoberen gewandt und ihn angeschwärzt, Schriften wie die „Fama sidera nova" zu verbreiten, in denen er als prophetischer

Wundermann dargestellt wurde, der den Kometen von 1618 vorhergesagt habe und in der von kabbalistische Zahlengeheimnissen, von magischen Mysterien die Rede war; herausgegeben von einem Julius Goldtbeeg in Nürnberg (hinter dem sich, was sie jedoch nicht wussten, Faulhabers Tübinger Freund Daniel Mögling verbarg). Sie klagten Faulhaber an, die Ulmer Jugend mit seinen angeblichen Wunderkünsten zu verderben und baten den Rat, dagegen vorzugehen. Das war der Beginn des sogenannten Ulmer Kometenstreits, der jedoch weit über die Grenzen Ulms hinaus Wellen schlug.

Faulhaber äußerte sich nicht öffentlich dazu, stattdessen schrieben seine Freunde und Mitstreiter unter Pseudonym Lobpreisungen, Kommentare und Berichtigungen und wehrten die ebenso pseudonym erschienen Angriffe der Gegner ab, die in polemischen Ton den „faulen Haber" attackierten, ihn dabei persönlich herabsetzten und beleidigten. Der Streit wurde schärfer, ausgetragen mit Hilfe der Druckerpresse. Die Stadträte sahen sich daher genötigt, zur Klärung und Befriedung in der Münsterbauhütte eine Anhörung festzusetzen, zum 18. Oktober, und verboten bis dahin jede weitere Äußerung der Parteien.

Ab November konnte jeder den Kometen sehen. Ein gleißender Lichtspeer beherrschte den nächtlichen Himmel, wie ein längliches Reisigbündel aus kaltem Sternenfeuer zog er seine hohe Bahn über allem und kündigte offensichtlich Unheil an. Tauchte er in der Abenddämmerung am Horizont auf, schien sein heller, langer Schweif im Wind zu flattern und von Zeit zu Zeit zu hüpfen – mit Grausen und doch wiederum fasziniert schaute man landauf, landab auf das Schauspiel, das sich der verstörten Christenheit einen Monat lang bot, bevor es verblasste.

Im Kometenstreit ging es nie darum, ob ein Komet ein Warnzeichen Gottes sein konnte oder nicht, was also das Wesen eines Kometen ausmachte. Auch die Gegner Faulhabers glaubten an Vorzeichen und daran, an ihm Vorankündigungen ablesen zu können: an der Beschaffenheit seiner Erscheinung, der Region seines Auftauchens am Himmel (den Sternzeichen oder Sternbildern), seiner Bahn, der Richtung und Länge seines Schweifes, seiner Farbe, seinem langsameren oder schnelleren Vorüberziehen. Nur bestritten sie, dass Faulhaber den Kometen als erster entdeckt und vorausgesehen habe. Sie bezweifelten, dass er der rechte Prophet sei und seine Auslegung die richtige. Es gab einfach zu viele Interpretationen. Fast jedes Mal, wenn in den Jahrzehnten oder gar

137

Jahrhunderten zuvor ein Komet aufgetaucht war, wurde neben vielerlei Unglück von irgendjemandem auch das Ende der Welt verkündet und ein genaues Datum dafür daraus abgeleitet. Nichts davon war je eingetroffen.

So verschob sich für die Gegner seiner Kometenprophezeiung der Akzent ins Moralische: Als erhobener Zeigefinger Gottes wurde das Ereignis gedeutet, als Ermahnung an die christliche Gemeinde, in sich zu gehen und ein gottesfürchtiges Leben zu führen, weiterreichende Folgerungen waren ungesichert und spekulativ. Auch für den Superintendenten Dieterich war der Komet ein Anlass, in einer vielbeachteten Predigt im Münster (er ließ sie anschließend drucken und weiterverbreiten) seiner Gemeinde ins Gewissen zu reden und sie aufzufordern, sich diese durch Gott gegebene Warnung zu Herzen zu nehmen und zur Vermeidung von größerem Unglück ein evangelisch-christliches Leben zu führen, gemeinsam zu beten, die Gebote Gottes zu achten und die von diesem eingesetzte Obrigkeit.

Er verglich die Gestalt des Kometen mit einem Strohbesen oder Rutenbündel und sprach von der Strafrute, mit der der Herr als besorgter Vater seine sündigen Kinder bestrafen würde.

„Das sollen wir hierbei bedenken, und nicht dem vorwitzig nachgrübeln, aus welcher verborgenen

Kraft der Natur der Komet geschehe. Es ist genug, dass du Gottes Zorn erkennest und dein Leben besserst."

Denn was die Natur des Kometen selbst betraf, herrschte Uneinigkeit darüber. Für diejenigen, die sich an die orthodoxe Lehrmeinung des Aristoteles hielten und Neuerungen in der Kosmologie ablehnten, war ein Komet eine Art beleuchtete Rauchspur im Raum zwischen Mond und Erde, eine atmosphärische Escheinung eben, jedoch, so wie alle besonderen Erscheinungen am Himmel, an sich bedeutungsvoll und ausdeutbar. Seit Tycho Brahe aber am Kometen von 1577 durch genaue Messung der Parallaxenverschiebung (besser gesagt: durch den Nachweis von deren Nichtvorhanden sein) für die wissenschaftliche Welt bewiesen hatte, dass sich dieser auf einer Bahn weit jenseits des Mondes bewegen musste, lag es nahe, Kometen für besondere Himmelskörper zu halten, die entweder nach Bedarf von Gott eigens neugeschaffen oder aus einem Vorrat von schon vorhandenen Himmelskörpern auf die Reise geschickt wurden.

Faulhabers Freund Daniel Mögling war der ersten Meinung, widersprach in einem Brief an Faulhaber damit heftig der Ansicht Keplers, der in einer Kometenschrift die zweite Variante vertreten hatte. Faulhaber hielt es mit seinem Freund Mögling.

Warum sollte ein so besonderes Zeichen nicht völlig neu kreiert werden, von dem, der doch alles, was war, aus dem Nichts erschaffen hatte?

Wichtiger war ihm, das Zeichen, welches der Komet darstellte, in die Reihe der Vorankündigungen einzuordnen, die schon seit alters gegeben worden waren und von den dafür Empfänglichen gedeutet werden konnten. Die Zahl 666 war ein solcher Hinweis. Es gab noch weitere.

Und er war der erste gewesen, der daran dachte, diese Zahlen nicht nur mit den Mitteln der geläufigen Kabbala zu entschlüsseln, Buchstaben anstelle von Zahlen zu setzen (die im ursprünglich Hebräischen sowieso identisch waren) und Wörter mit denselben Zahlwerten auszutauschen, all die Operationen durchzuführen, die ein Zahlen- und Buchstabengläubiger mit seinem Material tun konnte, sondern sie als figurierte Zahlen aufzufassen und dementsprechend vorzugehen.

Erst mit ihm, mit Faulhaber, hatte sich die Mathematik so weit entwickelt, diese Zahlen richtig deuten zu können, ihr Wesen verstehen zu können. Gott hatte ein Zahlenrätsel aufgestellt, hatte eine Spur gelegt, doch die Fähigkeit, dieser Spur folgen zu können, hatte sich erst im Verlauf der Entwicklung der Mathematik ausgebildet, die Zeitgenossen der Apokalyptiker jedenfalls kannten noch nicht die Mittel dazu.

So wie er der erste war, der den seit der Antike bekannten Lehrsatz des Pythagoras, ein rechtwinkliges Dreieck betreffend, aus der Fläche in die dritte Dimension übertrug (auf diesen Gedanken war er bei seiner Beschäftigung mit der Zahl 666 gekommen), so war er auch der erste gewesen, der die prophetischen Zahlen der Bibel mit den modernen Mitteln der cubicossischen Arithmetik untersucht und sie als Polygonal- und Pyramidalzahlen interpretiert hatte. Daraus leitete er seinen Prophetenstatus ab: als Erstausübender einer neuen Erkenntnisfähigkeit.

VIII

Inzwischen war es dämmrig geworden. Die Stube wirkte nicht mehr so ernüchternd leergeräumt, ihre Winkel hatten sich mit Dunkelheit gefüllt; nur selten huschte ein irrlichterndes Streiflicht durch den stillen Raum, von einer auf der Gasse vorbeigetragenen Fackel durch die Spalten der Fensterläden geworfen. Wo Dunkel ist, beginnen Gespenster zu wachsen. Das kannte er noch von seiner Kindheit, und irgendwie hatte ihn dieses Empfinden nie verlassen, wenn auch sich im Verlauf seines Erwachsenenlebens stark abgeschwächt. Phantasie besetzte unbestimmt den Platz, den im

vollen Tageslicht ein scharf umrissener Gegenstand eingenommen, oder aber die Lücke, die
dessen Wegnahme hinterlassen hatte.

Er konnte die vertrauten Schauobjekte fast sehen
(im Schatten verborgen) und sie sich in leuchten-
den Farben lebhaft vorstellen. Besonders ein von
ihm ausgetüftelter kunstvoller Mechanismus war
noch als Vorstellungsbild präsent: zwei Sphären
auf einer Drehachse, eine äußere, durchbrochene,
eine innere umhüllend, auf der Symbole und kurze
Texte – Arkana – aufgemalt waren, die durch Drehen der beiden Sphären gelesen und in Zusammenhang gebracht werden konnten. Eine kleine
Kurbel brachte das Werk in Bewegung; man
konnte diese im oder gegen den Uhrzeigersinn
bedienen, jedes Mal drehte sich die äußere Kugel-
schale nach rechts, die innere nach links. Auf
diese Wirkung war er besonders stolz gewesen,
manche der Besucher seiner Kunstkammer hatten
vergeblich darüber nachgegrübelt, wie dies möglich war.

Nur einer, so fiel ihm nun ein, hatte nach kurzem
Nachsinnen eine denkbare Mechanik skizziert, die
genau das Prinzip getroffen, sogar noch eine
kleine Verbesserung enthalten hatte. Das war der
junge Franzose gewesen, Monsieur Polybius, der
ihm nun wieder gegenwärtig wurde.

Sein Bild stand plötzlich deutlich vor ihm, bemerkenswert nach so vielen Jahren, doch wollte er nicht darüber nachgrübeln weshalb; er folgte dem Pfad seiner Erinnerungen, so wie er sich ihm eröffnet hatte.

Wieder der Sprung in eine andere Gegenwart: Ein hübsches, jugendliches Antlitz blickte ihn an, große, dunkle Augen, empfindsam, die gleichzeitig den Willen zur ruhigen Prüfung des Erschauten ausstrahlten. Schwarzes, volles Haar umrahmte ein helles Gesicht, mit ausgeprägter, doch nicht zu großer Nase, gerade, wie auch der Mund mit seinen vollen Lippen; ein festes Kinn zeigte Energie und Tatkraft. Und doch lag wiederum etwas Träumerisches im gesamten Ausdruck, eine zurückgehaltene Trauer in der klaren Wachheit. So hatte er ihn gesehen, in seiner Stube, den Gast, beim ersten Zusammentreffen, gesteigert dann für einen erhebenden Augenblick zur Erscheinung eines Besuchers aus einer anderen Welt.
Doch zuerst war er eine Enttäuschung gewesen. Die Magd hatte ihm ein Empfehlungsschreiben seines Freundfeindes Rektor Hebenstreits gebracht, in dem dieser ihm einen Monsieur Polybius (natürlich ein Aliasname, wie ihm sofort klar war, doch er beließ es dabei) ans Herz legte, und gefragt, ob er den jungen ausländischen Adligen

empfangen wolle. Er hatte nichts dagegen. Wunderte sich nur ein wenig über die Empfehlung Hebenstreits an ihn, witterte eine Intrige, fand jedoch keinen wirklichen Grund, den Besucher nicht zu begrüßen und herauszufinden, was er wolle. Schließlich wurde er öfters von auswärtigen Besuchern aufgesucht, von Mathematikerkollegen, Wissenschaftlern, Ingenieuren, Paracelsisten, Alchemisten, Gelehrten jeder Art, oder auch hohen Herrschaften, sogar regierenden, welche sich bei ihm über seine Kenntnisse und Erfindungen kundig machen wollten, die er eben zu diesem Zweck mit Reklamezettel auf der Buchmesse in Frankfurt oder anderswo anpries. Von dieser Art Unterrichtung lebte er schließlich, neben seinem Gehalt als von der Stadt nicht eben prächtig bezahlter Schulmeister. Doch auch ein anregendes Gespräch mit einem gebildeten Zeitgenossen war ein Gewinn, wenn auch auf andere Weise, deshalb willkommen.

Der Fremde trat ein. Es war ein noch sehr junger (Faulhaber schätzte ihn auf höchstens zwanzig), eher kleinwüchsiger, zierlicher und lebhafter Mann, der sich in der höfischen Art eines französischen Adligen vorstellte, was auf Faulhaber ein wenig herablassend und den Standesunterschied betonend wirkte. Er schien ihm ein typischer Franzose zu sein und wie die meisten seiner

Adelsgenossen nicht wenig eitel und zu sehr von sich eingenommen. Trat auf, als beehrte er ihn mit seinem Besuch (was Faulhaber ärgerte), anstatt bescheiden nach Belehrung zu verlangen, wie es ein hiesiger Student auf seiner Bildungswanderschaft getan hätte.

Da sein Besucher einen längeren Aufenthalt in den Niederlanden hinter sich hatte, konnten sie sich leidlich auf der Basis dieser Sprache verständigen – Faulhaber hatte sich in sie eingelesen, wegen der Fachliteratur, die er von dort bezog. Auf Französisch, das er nicht verstand, oder auf Deutsch, welches wiederum sein Gast nicht beherrschte, auch mit Latein, der internationalen Gelehrtensprache, die er zu seinem großen Bedauern nie gelernt hatte, hätten sie sich nicht unterhalten können.

Um den Wichtigtuer, der in seiner Vorstellungsrede von sich selbst behauptete, erfahren in höherer Mathematik zu sein, ein wenig zurecht zu stutzen und ihm Demut beizubringen (was ihm zu fehlen schien) unterwarf ihn Faulhaber einem kleinen Examen. Er fing mit einigen elementaren Operationen an, die der Fremde jedoch ohne Mühe bewältigte. Jetzt stellte er ihm schwierigere Aufgaben. Doch leicht löste dieser, die Papiere durchblätternd, freihändig und ohne Niederschrift Gleichung um Gleichung, den Lösungsweg halblaut erläuternd. Faulhaber beobachtete ihn erstaunt und mehr und mehr fasziniert. Den er für einen Hohlsprecher und Prahler gehalten hatte, der durch schwierige mathematische Rätsel von seinem hohen Ross heruntergeholt werden konnte, war ein glänzender Mathematiker, der sogar Rechenwege erfand, wie sie ihm selbst nicht in den Sinn gekommen wären.

Er ging zu seinem Bücherschrank und suchte die Questionen Roths heraus – die Fragen seines inzwischen verstorbenen Kollegen und Rivalen aus Nürnberg, die dieser ihm einst als Rätselnüsse zugeschickt hatte, um ihn damit zu einem mathematischen Wettkampf herauszufordern – und an denen er sich zugegebenermaßen teilweise die Zähne ausgebissen hatte. Einige waren gelöst, doch auf mühselige, unbeholfene Art, andere jedoch noch ungeknackt. Faulhaber überreichte sie dem erstaunlichen Besucher, ihm die Ausdrücke und Wendungen erklärend, die ihm unbekannt sein mussten. Dieser schien keine größeren Probleme damit zu haben, denn er zögerte nicht, auf dieselbe Weise fortzufahren, auf die er die harmloseren Aufgaben Faulhabers bearbeitet hatte.

Nun wurde Faulhaber von einem eigentümlichen Gefühl erfasst. Der junge Franzose stand, die Blätter in der Hand, in der Mitte des Zimmers, murmelte wieder halblaut vor sich hin, jetzt in seiner Heimatsprache, so dass ihm Faulhaber nicht folgen konnte. In diesem Augenblick fiel durch das Fenster zum Hof ein voller Lichtstrahl in die Stube, hellte den Raum auf und brachte seine Farben zum Glänzen. Lichte Staubfäden umtanzten die Gestalt im Zentrum, leuchteten golden wie Sternstaub auf und umhüllten die bewegungslos in sich versunkene Figur, die so der Statue eines jugendlichen Heiligen glich. Faulhaber kam der nicht abzuweisende Gedanke, ob dies nicht in Wirklichkeit eine übernatürliche Erscheinung wäre, ein Engel, der ihn aufsuchte, oder vielleicht der angekündigte wiedergekommene Elias: Als Antwort auf seine Gebete, seine Meditation, seine Sehnsucht und Suche nach Erleuchtung und Offenbarung unvermittelt überwältigend in seine Stube gestellt.

Worum er sich lange Zeit fruchtlos bemüht hatte, die Auflösung der Rätselaufgaben, wurde ihm mühelos geschenkt; er fühlte sich wie in einem Klartraum, in dem die Lösung von Gleichungen wie plötzlich selbstverständlich da waren, um die er im Wachzustand lange und vergeblich gerungen hatte. Fr konnte nicht anders, er musste den Körper der Gestalt berühren, um herauszufinden, ob sie nicht vielleicht immateriell wäre, er eine Erscheinung vor sich hatte – Erscheinungen lassen sich nicht ertasten, oder?

„Verzeihung Mynheer, Monsieur", stammelte er beschämt, als der Gast ihn erstaunt ansah, aus seiner Vertiefung in die Aufgaben gerissen, nachdem Faulhaber ihn zwar zögernd, doch nachdrücklich prüfend angestupft hatte und er sich als aus festem Fleisch erwies.

„Ich hielt Sie für einen Engel, da Sie auf so übernatürlich engelhafte Weise meine Rätsel lösen konnten", erklärte er dem befremdlich Blickenden. Glücklicherweise nahm der Gast diese merkwürdig klingende Erklärung als Kompliment, fragte nicht nach, und Faulhaber streckte die Waffen: Sein Besucher war das, was er von sich behauptet hatte – ein äußerst talentierter und qualifizierter Mathematiker, Kollege von gleichem Rang; Studierender vielleicht, dem Alter nach, doch gleichzeitig auch Meister.

Bemüht, sein ungewöhnliches Verhalten vergessen zu machen – er wusste selbst nicht mehr so recht, warum er sich dazu hatte hinreißen lassen – zeigte Faulhaber dem Gast seine Sammlung von Geräten, Messinstrumenten, Erfindungen, Lehrobjekten und Schautafeln, die seine in der Stadt und darüber hinaus berühmte Kunstkammer ausmachte. Und er befragte ihn nach den Stationen seiner Reise: Frankfurt, dem Großereignis der Kaiserkrönung dort, seinem kurzen Besuch in

Heidelberg und der Baustelle der fürstlichen Gartenanlage, über die Faulhaber gerne Näheres gewusst hätte, da er selbst noch nicht dort gewesen war.

„Ist es wahr, dass de Caus die Geheimnisse der Hermetischen Kunst und den Aufbau der Welt in seinem Gartenplan darstellen will? Ich kenne das Schloss, wie kann daran ein solch großer Garten überhaupt angefügt werden?"

Im Verlauf ihres Gesprächs kamen sie von der Gartenplanung Salomon de Caus' über die darin angelegten künstlichen Grotten mit ihren durch Wasserkraft angetriebenen Musikautomaten zur Musik im Allgemeinen und fanden sich in einer gemeinsam geteilten Neigung. Zu Faulhabers großer Freude entpuppte sich sein Gast als sehr belesen und fachkundig auf diesem Gebiet. Er habe vor kurzem erst eine kleine Schrift über Musiktheorie fertig gestellt, ein musikalisches Kompendium, noch nicht veröffentlicht (und er hätte es auch nicht vor, da er es nur privat einem Freund zugeeignet hätte), in dem er sich intensiv mit den Zahlengrundlagen der musikalischen Harmonien auseinandergesetzt habe, erklärte dieser.

Faulhaber war interessiert. Er selbst wäre Mitglied bei den Ulmer Meistersinger, einer Gesellschaft, die ihre Überlieferung bis auf die Minnesänger zurückführen konnte, sagte er, hätte auch selbst fünf Meistergesänge komponiert, früher allerdings, heute wäre er mit zu vielem anderem beschäftigt um dafür Muse zu haben, doch sein Herz hänge noch immer daran, da Musik für ihn ein Zugang zur unsichtbaren Welt des reinen, schöpferischen Geistes darstelle: ein Nachklang der Harmonien, aus denen sich der Kosmos aufbaue, eingespielt nach Maß und Zahl.

Eifrig holte er aus einer entlegenen Schublade die zuunterst liegenden, lange nicht mehr angeschauten Blätter hervor, auf denen ihm ein befreundeter, professioneller Notensetzer seine Kompositionen in gebräuchlicher Notation aufgezeichnet hatte. Mehr höflich als wirklich begeistert nahm sein Gast die Blätter in die Hand, durchmusterte sie und summte die Melodien leise vor sich hin. Faulhaber erklärte ihm, wie die Tonfolgen einerseits der Tradition des Meistergesanges entsprachen, andrerseits in ihrem Aufbau – und das sei schon in den alten Melodien so angelegt – mit den Harmonien übereinstimmen würden, die den ganzen Kosmos durchhallten, als Abklang, Mitklang, als Echo der Engelschöre, die allem Entstandenen vorausgingen.

„Auch die im Endlichen ablaufende Zeit ist musikalisch in Intervalle gegliedert, in der Apokalypse wird von den sieben Schalen des Zorns geschrieben, die nacheinander ausgegossen werden, diese

Folge habe ich in einer meiner Melodien komponiert."

Womit Faulhaber, wie so oft, bei seinem Lieblings-
thema angekommen war. Sein Gast versuchte, das
Gespräch in eine andere Richtung zu lenken.

„Es liegt mir fern, den Aufbau des Kosmos nach
harmonischen Prinzipien grundsätzlich zu be-
zweifeln, es ist ein alter und schöner Gedanke,
euer Landsmann Kepler hat ihn in vor einiger Zeit
und jetzt ganz aktuell wieder ausführlich dargestellt, trotzdem frage ich mich: Haben wir genug
Beobachtungen dazu, um ihn belegen zu können?
Mein Interesse an der Musik liegt daher woanders.
Ich habe die Töne, Tonfolgen, Tonhöhen, Intervalle und ihre Konsonanzen und Dissonanzen
nach ihren Zahlenverhältnissen untersucht, die
Tonleitern und ihre in Zahlen ausdrückbaren Gesetzmäßigkeiten. Die Mathematik der Musik. Und
ich möchte ebenso gerne wissen, wie Töne und
Tonfolgen Affekte in uns hervorrufen und welche
bei welchen. Wirkungen wie Ergriffen sein oder
Begeisterung, Wut, Rausch, oder im Gegenteil Me-
lancholie und Trauer. Wie funktioniert das? Wie
kann man sich das erklären?"

 Beide merkten, dass hier ein Punkt war, wo ihre
Zuwendung zur scheinbar derselben Sache sie
ganz verschiedene Wege gehen ließ. Für Faulhaber
war von Bedeutung, woher die Musik kam, wo ihre

Heimat war, die in unserer Seele ihr Echo erklingen ließ und uns deshalb ergreifen konnte. Was war Musik ihrem Ursprung nach? Wie klang die Musik des Kosmos? Nach welchen Klängen war dieser gebaut?

Für seinen Gast waren diese Fragen nicht so relevant, da nur spekulativ zu beantworten, stattdessen war für ihn ihre Wirkung auf unsere Hörorgane von Interesse. Welche Zahlenverhältnisse empfand das Ohr als angenehm oder unangenehm? Welche Brüche kamen in den unterschiedlichen Tonleitern und ihren Intervallen vor? Als sie nun ein unverfänglich Gemeinsames zu diesem Thema suchten, kamen sie auf ein Gebiet, bei dem sich überraschenderweise ihre Übereinstimmung herausstellte: die Moderne Musik. Beide lehnten sie ab.

Obwohl sein Gast viel jünger war als Faulhaber, er daher geneigt sein sollte, diese als seinen eigenen, generationsgemäßen Kunstausdruck zu begrüßen, war er – aus eher theoretischen Gründen allerdings – gegen die jetzige, überhand nehmende Mode des Komponierens und vor allem der Musikpraxis.

„Die Reinheit der Töne wird nicht mehr beachtet", sagte er. „Ihre exakt vorgegebenen Proportionszahlen. Es wird verschleiert und angeglichen. Das Ohr wird betrogen. In der alten Polyphonie sind die Stimmen klar und rein, Misstöne werden sofort gehört und schmerzen und werden deshalb gemieden. Jetzt wird einer Stimme der Vorrang über alle anderen gegeben, die sich unterordnen müssen und ein Begleitgeräusch erzeugen, in dem Dissonanzen verschwimmen. Allerdings", setzte er hinzu, „gewinnt die führende Stimme durch die Unterstützung der anderen eine Prägnanz und Darstellungskraft, wie etwa bei Monteverdi, die wunderbar ist, einer eindeutigen Geste entspricht."

Faulhaber hatte schon von Monteverdi gehört. Auch eine Partitur von ihm in der Hand gehabt. „Als Musik ist sie dramatisch und packend", sagte er. „Jedoch, ist es die Musik, wie sie sein soll? Wie sie sein könnte? Wie sie unserem inneren Wesen und seiner Sehnsucht nach der himmlischen Musik entspricht, der unhörbaren, ewigen? Das finde ich eher im alten Stil, bei Palestrina etwa, oder einem Landsmann von mir, Michael Maier in seinem Werk „Atalanta Fugiens", auch dort bei weitem nicht vollkommen, das wird irdische Musik nie sein, doch ist in ihr ein Streben danach…"

***

Faulhaber ließ es sich nicht nehmen, sein Wunder nach Hause zu begleiten, zu dessen zeitweiligen Unterkunft im Gasthof. Vor der Eingangstür wurden sie von einer sich mit Beckenschlägen ankündenden Prozession von sensationsgierigen Bürgern aufgehalten, die eine verurteilte alte Frau zur Richtstätte begleiteten, draußen vor dem Gögglinger Tor. Gestern war sie zur Urgicht vorgeführt worden, der Urteilsverkündigung von der Rathauskanzel herab, Faulhaber hatte davon gehört, heute wurde das Urteil vollzogen. Es hatte auf extra harten Rutenschläge wegen Diebstahls von Wäschestücken gelautet, und viele wollten sich dieses Schauspiel nicht entgehen lassen, angenehme Abwechslung im Alltagseinerlei und moralische Erbauung für die rechtschaffenen Seelen, die sich durch das Strafgericht in ihrer eigenen Rechtschaffenheit bestätigt fühlen konnten. Die alte Frau machte einen verwirrten Eindruck, wurde wie ein Opfertier durch die Straßen geführt und von den Mitlaufenden verhöhnt und beschimpft.

Faulhaber ekelte das Schauspiel an. In ihm stieg die Erinnerung an eine ähnliche Situation vor nun fast fünf Jahren auf, als er inmitten einer Meute von geifernden Mitbürgern schweren Herzens denselben Weg mitgegangen war.

„Wie barbarisch wir mit uns selbst umgehen", sagte er, eher leise und im Selbstgespräch als an seinen Begleiter gerichtet, der ihm jedoch durch Nicken zustimmte.

„All diese Strafen, dieses Hinrichten, Erwürgen, Pfählen, lebendig begraben, Ertränken und Verbrennen – gibt es keine andere Möglichkeit, eine Gemeinschaft zu regieren und zusammen zu halten? Die Rechte Ordnung durchzusetzen? Gerechtigkeit zu üben? Es ist zu viel Gewalt in der Welt, zu viel Grausamkeit und daher Angst und Verwirrung. Und unsere Religion, die Vorgebliche der Liebe und Vergebung, stellt sich nicht wirklich dagegen, sondern befördert sie noch, verursacht sie sogar."

Das Letztere sagte er nun eindeutig nur zu sich selbst, es könnten ja Ohren zuhören, die seine Gedanken als antikirchlich registrierten und weitertrugen. Dem jungen Franzosen traute er das nicht zu, es war jedoch ein zu intimes Bekenntnis einer freien Gesinnung, als für die Öffentlichkeit bestimmt.

Die Menschenmenge zog vorüber, die Gögglingerstraße weiter zum Tor, der Tumult verebbte. Faulhaber verabschiedete sich nun, nicht ohne den Anderen nochmals herzlich einzuladen, ihn wieder zu besuchen, er drückte seine Freude darüber aus, einen so exzellenten Mathematiker wie ihn kennen gelernt zu haben und dass er sich gerne noch mit ihm über Gleichungen dritten oder vierten Grades und ähnliche Themen austauschen wollen würde. Trotz des unangenehmen Zwischenspiels ging er frohgestimmt zu sich nach Hause.

Am nächsten Tag machte die Nachricht die Runde, die alte Frau sei in dem Wäldchen nahe der Richtstätte von einem Holzsammler tot aufgefunden worden; dorthin hatte sie sich wohl verkrochen, nachdem sie blutig geschlagen und dann sich selbst überlassen worden war. Gestorben an ihren Wunden, dem Schmerz, der Schande.

***

Monsieur Du Perron alias Monsieur Polybius war im Baumstark untergekommen, einem ihm empfohlenen Gasthaus an der Steinernen Brücke, nahe der Blau, solide, mit einigermaßen gutem Essen. In dieser Hinsicht hatte er sich allerdings schon an einiges gewöhnt, auch an die eher dürftige Kost im Feldlager, und stellte daher keine zu großen Ansprüche. Nicht, weil er unempfindlich für den Geschmack einer gut zubereiteten Speise gewesen wäre, er liebte würzige Düfte und die unterschiedlichsten sinnlichen Nuancen einer gut komponierten Speisefolge, doch hatte er sich selbst die Maxime gegeben, alles so zu nehmen wie es kam, auf die Umstände einzugehen und aus ihnen zu lernen, statt unter ihnen zu leiden.

Also war fremdes oder gewöhnungsbedürftiges Essen eher Grund, herauszufinden, um was es sich dabei handelte, als Anlass zur Klage. Deswegen war er ja hier: Um Leben in seinen vielfältigsten Formen kennen zu lernen, Umgang mit unterschiedlichsten Menschen zu haben und nicht mehr nur aus Büchern oder durch bloßes Nachsinnen etwas über die Welt zu erfahren, sondern durch unmittelbares Erleben. Im „großen Buch der Welt zu lesen", wie er nach seinen Jahren am Jesuitenkolleg und an der Universität in Poitiers das Motiv seines Entschlusses bezeichnet hatte, sich nicht weiter mit blutleeren philosophischen Abstraktionen und juristischen Spitzfindigkeiten zu beschäftigen, sondern nach Paris und anschließend nach Breda in Holland zum Prinzen Moritz von Oranien-Nassau zu gehen, dem Statthalter der Niederlande.

Und nun war er im Süden Deutschlands, im Zentrum der Ereignisse: Hier braute sich etwas zusammen. Jeder, der auch nur ein wenig Anteil am Zeitgeschehen nahm, konnte es wahrnehmen. Heere waren zusammengerufen, Parteienbündnisse geschlossen worden: Protestantische Union und katholische Liga belauerten sich gegenseitig. Sie warteten auf den nächsten Zug, den der andere im

Machtspiel tun würde. Und wie beim Schach hatten die beiden Könige auf dem Spielbrett ihre Position eingenommen: der von den böhmischen Ständen gewählte König von Böhmen, Friedrich von der Pfalz, und der nur einen Tag später in Frankfurt zum Kaiser gewählte Ferdinand von Habsburg, als Nachfolger seines Onkels Matthias.

Der Böhmische Aufstand, das war gewiss, würde seine Antwort bekommen; der Bayernherzog Maximilian stand bereit einzugreifen, wenn Ferdinand es von ihm wünschte. Dann war auch er mit dabei, denn schon in den Niederlanden hatte er sich für das Heer Maximilians anwerben lassen, als beratender Pionieroffizier, doch wollte er lieber die weitere Entwicklung in einem bequemeren Quartier in Ulm abwarten, nahe den sich sammelnden Truppen, statt sich ihnen jetzt schon anzuschließen. Und er hatte einen bestimmten Grund, sich gerade in dieser Stadt aufzuhalten: Auch ihn hatten die Rosenkreuzerschriften elektrisiert, er wollte gerne wissen, wer sich hinter ihnen verbarg, ob es wirklich eine solche Geheimgesellschaft gab und was diese an neuen Erkenntnissen, wie angekündigt, mitteilen konnte. Der durch seine Veröffentlichungen und, ganz tagesaktuell, durch seine Verwicklung in den Ulmer Kometenstreit bekannte Mathematiker Johann

Faulhaber, der hier in der Stadt eine Rechenschule betrieb, galt als Rosenkreuzer, davon hatte er in Frankfurt anlässlich der Kaiserkrönung vom Landgrafen Philipp von Hessen selbst, in dessen Gefolge er aufgenommen worden war, andeutungsweise gehört. Vielleicht konnte er von Faulhaber aus direkter Quelle mehr über diese geheimnisvolle Gemeinschaft erfahren.

Und auch als Mathematiker war Faulhaber für ihn interessant, suchte er doch überall, wo möglich, das Wissen der Experten in persönlichen Begegnungen für sich aufzuschließen und daraus zu lernen. So wie er auch in Breda mit Isaac Beeckman Bekanntschaft und sogar Freundschaft geschlossen hatte, dessen naturwissenschaftliche Ausrichtung auf Physik und Mathematik ihm eine neue Welt eröffnete. Bis heute beschäftigte ihn dessen Idee einer Mathematisierung der Wissenschaften, eines allgemeingültigen Zugangs zu den Erscheinungen der Natur mit Hilfe von Zahlen und Berechnungen. Ebenso dessen durch die antike Atomvorstellung bei Lukrez angeregte Theorie über kleinste Bauteile der universellen Materie, deren Lage und Bewegungen die ganze fassbare Wirklichkeit ausmachen sollten.

Seine durch Beeckman angestoßene Arbeit über die Gesetzmäßigkeiten der Musik war ein erster Versuch gewesen, auf einem Gebiet, welches

Zahlenverhältnisse und Hörerlebnis, Mathematik und sinnlich-emotionale Eindrücke vereinigte, zusammenzufassen, was an Erkenntnissen darüber schon vorhanden war. Es musste sich doch ein Generalschlüssel für alle Phänomene und alle Bereiche der Natur finden lassen, ein Prinzip, das die ganze Welt der natürlichen Erscheinungen durchzog und durch Analyse entdeckt werden konnte! Eine Mathesis Universalis!

Dieser Gedanke hatte ihn nicht mehr losgelassen, war aber bisher mehr Ahnung und Forderung als aussprechbarer, formulierbarer Entwurf. Vor allem in den Stunden nach dem Erwachen am Morgen, die er gerne, soweit möglich, weiter im Bett verbrachte, beschäftigte er sich mit ihm. Auch das war ein Grund, die weichen Daunen im Baumstark dem Quartier der Soldaten vorzuziehen: Es verlangte einiges an Durchsetzungskraft und errungenen Respekt, solche Privilegien unter den dafür meist verständnislosen Söldnern einzufordern und zu verteidigen. Doch im Baumstark war sein Wort Befehl und niemand würde ihn vor Mittag stören und aus seinen Betrachtungen reißen.

Seine Gewohnheit hatte er in seiner Schulzeit am Kollege La Flèche entwickelt, die Patres hatten ihm dies wegen seiner kränklichen Konstitution erlaubt, und seitdem kamen ihm die besten seiner

Ideen in diesem Schwebezustand, der sich einstellen kann, wenn man den Nachtschlaf schon hinter sich gelassen hat, jedoch noch nicht bereit ist, sich auf den Tag mit seinen die Aufmerksamkeit aufsaugenden Wahrnehmungen einzulassen. Er überließ sich dann einem frei fließenden Nachdenken, durchdrungen von dem wärmenden Gefühl, ganz bei sich zu sein, noch eingehüllt von den Resten der Traumlandschaft, die er eben durchwandert hatte.

Diesen sanften, nicht abrupten Übergang liebte er, das allmähliche Übergehen des Traumlandes in eine sich verdichtende Realität, wobei manchmal die Grenze so undeutlich war, dass er sich noch im Traum glaubte, und erst daran, dass er den Traum als Traum erkannte, merkte, dass er schon wach und bei sich war. In leichter Heiterkeit dahinschwebend, aufgelöst in Wärme, körperunbelastet sich treiben lassend, umwoben von verblassenden Traumbildern: In diesem Dämmerzustand zwischen Schlafen und Wachen fand er sich meistens als besseren Menschen vor, ganz mit sich selbst einig.

Und jeder Gedanke, den er anfing zu denken und jede Vorstellung, die sich einstellte, wurde kräftig und farbig durch den Strom der Inspiration, der ihn umgab und dem er sich anvertraute, bis der Tag vollends die Regie übernahm und er aus diesem Zustand herausgeworfen wurde. Wenn er so bei sich selbst war, noch unbeeinflusst von äußeren, störenden Sinneseindrücken, gab es nur ihn, als Bewusstseinslicht – doch ebenso Gedankenwirbel, die ihn umschwebten und durchzogen und in deren Sog er geraten konnte, wenn er sich ihnen zuwandte.

Ach ja, Wirbel – oft drängte sich ihm die Vorstellung auf, dass sich das Universum in lauter Wirbelströmen drehte, sich das Weltganze aus lauter Wirbel zusammensetzte, angefangen vom Strömen des Blutes in ihm, über das Wirbelfließen der Bäche und Flüsse zum Wirbelschwung der Planeten und Kometen…

Solchen und ähnlichen Gedanken überließ er sich dann gerne. Und er liebte es, sich in diesem freischwebenden Zustand mathematische Probleme vor Augen zu führen, Gleichungen aufzustellen, Darstellungen für diese Gleichungen zu finden und jedes Problem auf seine Grundbestandteile zurückzuführen und herauszufinden, ob es nicht dafür einen ganz einfachen Lösungsweg gäbe.

Er versuchte, diesen kreativen Zustand so lange wie möglich aufrecht zu halten, doch irgendwann meldete sich sein Körper mit seinen Bedürfnissen, denen er, nachdem sie zu drängend geworden waren, eher widerwillig nachgeben musste. Blase entleeren oder ein Hunger- oder Durstgefühl stillen brachte ihn aus diesem zeit- und körperlosen Paradieszustand in die Welt der sich hart im Raume stoßenden Gegenstände zurück, in die Welt der ausgedehnten, starren Körper, unter denen er sich in solchen Auftauchmomenten wie ein Fremdling vorkam, den wenig oder nichts damit verband, von ganz anderer Art als diese, obwohl selbst in einem Körper steckend.

Dagegen waren Träumen und Wachsein bloß unterschiedliche Zustände seines Eigenbewusstseins, ihm zugehörig: Auch im Traum, oder zumindest im Aufwachen, bedachte er seine Traumerlebnisse und beurteilte sie, auch im Traum konnte er mathematische Probleme lösen, auch im Traum verständig sein. Und im Wachzustand konnte er verschiedene Wachheitsgrade ausmachen, von stark eingeschränkt bis äußerst luzide und überklar, was ihn jedoch wiederum auf Träume zurückwies, in denen er sich ebenso schon in einem solchen überklaren Zustand befunden hatte. Was unterschied also Traum vom Wach sein?

Er hielt nichts von der These einiger antiker Skeptiker, die der Meinung gewesen waren, man könne gar nicht entscheiden, ob man in einer Traumwelt lebte oder nicht, da es kein gesichertes Kriterium gäbe, dies auf logische Weise festzustellen und beweisbar zu begründen. Er hielt sich an seine

Alltagserfahrung, die einen Unterschied machte, was Durchgängigkeit, Zusammenhang, Wandelbarkeit und logisch nachvollziehbare Kausalität betraf, schloss jedoch nicht aus, dass alles nur Stufengrade ein- und desselben Bewusstseinszustandes sein könne, er also in Wirklichkeit in Bezug auf eine tiefere Realität ein Schläfer wäre, ein Träumer.

Oder sogar nur ein Geträumter? Und wenn sein gottgleicher oder dämonischer Träumer ihm vorträumte, er würde als ein eigenbestimmtes Selbst jenes fühlen oder dieses denken, würde dieses tun und jenes lassen, wie könnte er wissen, ob seine Existenz genau so oder nicht doch ganz anders wäre, eigenständig wäre oder abhängig, ob er wirklich wäre oder nur ein Traum?

Was wäre wahr an allem? Wie würde er sich selbst sehen, könnte er sich von außerhalb des Traumes beobachten (dem Gott oder Dämon gleich), unbeeinflusst von den möglichen Gaukeleien der ihm dargebotenen Welt, in der er unentrinnbar steckte? Es war nur ein Gedankenspiel, doch wie konnte man es zur Entscheidung führen?

Er müsste einen Sachverhalt oder Zustand identifizieren, welchen er unter allen nur denkbaren Umständen als wahr und evident akzeptieren konnte...

IX

Bald sollte das Kolloquium in der Münsterbauhütte stattfinden. Ratsadvokat Hieronymus
Schleicher, Superintendent Dieterich und Beige-
ordnete des Rates waren für das Gremium bestimmt, das über seinen Fall entscheiden sollte.
Faulhabers Kontrahent, Rektor Hebenstreit, hatte
sich gut vorbereitet, er hatte eine Liste von Fragen
aufgestellt, die Faulhaber vor der Kommission beantworten musste. Auch er durfte sich vorbereiten, hatte die Liste vorab bekommen, damit ihm
genügend Zeit blieb, sich seine Antworten zu
überlegen. Es ging teilweise um theologische
Spitzfindigkeiten (Dieterich hatte dazu seinen Bei-
trag geleistet), doch waren auch Fangfragen darunter, Schlingen, in denen ein Unbedarfter sich
verheddern konnte – so die harmlos klingende
Frage „ob des Faulhabers Zahlenkunst von ihm sei
gesucht und erforscht worden, wie die Propheten
gesucht und erforscht haben."
Wollte er sich etwa mit den Propheten des Alten
Testaments in eine Reihe stellen? Zu seinem jungen Besucher, mit dem er seine Vorladung besprach (auch, um ihn für seine Sache einzunehmen), sagte Faulhaber darüber
„Der Hebenstreit will mich mit seinen Fragen fan-
gen. Er will mich ertappen. Ob ich an Magie oder

an Substantialitäten glaube, wie sie nicht von den Philosophen für wahr gefunden werden. Ob ich zum Beispiel glaube, dass eine Zahl ein eigenes Etwas sei, ein Wesen hat, und damit Wirkung auf andere Wesen. Oder ob ich, wie er und alle anderen vernünftige Leute, die Zahl als etwas ansehe, mit dem eben gezählt werden kann. Oder gerechnet.

Aber genau da wird's kompliziert. Die Zählzahl ist nicht alles. Handelszahl nannte sie Agrippa von Nettesheim in seiner Cabbala. Und unterscheidet sie von der wahren Zahl: Eine Zahl hat auch Eigenschaften. Man kann sie untersuchen und feststellen, wie sie zu anderen Zahlen steht. Welches ihr Rang ist, was man mit ihr tun kann und was nicht, welche Nachbarn sie hat und mit welchen Zahlen sie die gleichen Eigenschaften teilt. Ob sie eine vollkommene Zahl ist, wie etwa die 6, ob sie eine befreundete Zahl hat oder eventuell singular ist, eine Primzahl vielleicht. Dieselbe Zahl taucht in unterschiedlichen Mustern auf und ist deshalb nicht immer dieselbe, der Zusammenhang bestimmt, was eine Zahl bedeutet.

Wie soll der Hebenstreit das verstehen? Wie soll er verstehen, dass 666 nicht nur eine Zahl ist, zu der ich komme, wenn ich mit 1 anfange und mit 2 weitermache und so fort, bis ich bei ihr angekommen bin. 666 hat Struktur. Hat Bezüge. Ist anders als 665 oder 667, ihre nächsten Nachbarn. Und warum sonst wird diese Zahl in der Heiligen Schrift erwähnt, als Zahl des Tieres? Wenn sie keinerlei besondere Bedeutung hätte? Denn jede Zahl hat und ist auch eine Qualität, nicht nur die heiligen Zahlen der Pythagoreer, die seit alters her so erlebt werden.

Für mich sind Zahlen nichts leeres, sondern individuelle Charaktere. Dem Hebenstreit kann ich jedoch schwerlich erklären, was es mit den figurierten Zahlen auf sich hat. Wäre er ein Webersohn, so wie ich, könnte ich ihm zeigen, wie eine Zahl ein Gewirktes ist, und wie man die Regel zu ihrer Hervorbringung in diesem Gewebe findet und dadurch die Zahl. Und das in jedem Zahlengewebe andere Zahlen mit enthalten sind, die ebenso Beachtung verdienen."

Faulhaber konnte nicht richtig einschätzen, welchen Ausgang das Verhör nehmen würde (als solches empfand er die Anhörung, deswegen bangte ihm davor), welche Konsequenzen sich für ihn daraus ergeben würden. Schon einmal war er der Zauberei verdächtig und deswegen vom Abendmahl ausgeschlossen worden, aufgrund von unverstandenen Aussagen in seinen Schriften, einem böswilligen Missverstehen seiner Worte im Gespräch: Die Magia Naturalis, eine philosophische

Weisheitslehre, wurde noch immer von einigen mit schwarzer Magie verwechselt. Und Zauberei war kein auf die leichte Schulter zu nehmender Vorwurf.

Zwar wurden nur wenige Männer der Hexerei angeklagt, noch weniger verurteilt, und meistens handelte es sich dabei um einfache Hausierer, um Verkäufer von Wünschelruten oder Amuletten, die von getäuschten Kunden angezeigt worden waren, denen sie für gutes Geld ein unfehlbares Ritual zur Auffindung eines Schatzes aufgeschwatzt hatten, doch das Verbrennen von weiblichen Hexen florierte überall. Und wie schnell konnte man unter Verdacht geraten, ein hysterisches Hexereivermuten lag in bedrückenden, angstmachenden Zeiten wie diesen in der Luft.

Einmal in den Fängen der Untersuchungsbeamten, gab es fast kein Entkommen, denn Folter war das gängige Mittel, die Wahrheit herauszufinden und ein Geständnis zu erzwingen. Wer würde unter Folter nicht bereitwillig alles Vorgehaltene zugeben? Und führte es auch direkt zur Verurteilung und in den Tod durch Lebendig geröstet werden – wenn einem nicht gnädiger Weise die Qual mit Hilfe eines Säckchen Schießpulver, um den Hals gebunden, abgekürzt wurde.

Ulm, als eine vom Humanismus geprägte Reichsstadt, war allerdings ein aufgeklärteres Gebiet als andere Gegenden, hier konnte man rational und vernünftig argumentieren, darauf setzte Faulhaber. Und darauf, dass er die rechte Eingebung haben würde, mit Hilfe von Oben, um mit seiner Darstellung die Zuhörer überzeugen zu können.

Gleichzeitig war er auf der Suche nach Unterstützer seiner Sache. Und in diesem jungen Franzosen meinte er jemand gefunden zu haben, dessen Verstehen so tiefgehend und weitreichend war, dass er, im Gegensatz zu den ihm übelwollenden Gegnern, zur strahlenden Evidenz seines Inspirationsaugenblickes Zugang finden konnte, mit ihm zusammen auf dem festen Boden der Einsicht stehen konnte, die ihm so deutlich aufgegangen war. Denn ihm selbst war sein Gedankengang so überzeugend, so durchsichtig, dass er bei den sich dieser Überzeugung verschließenden Kontrahenten nur boshafte Gegnerschaft, gewollte Uneinsichtigkeit, reine Denkfaulheit oder schlichte Dummheit undsoweiter vermutete: Anders gesagt, sie waren den sieben Todsünden des geistigen Lebens verfallen. Doch dieser Monsieur Polybius schien ihm in jedem Punkt das Gegenteil davon.

Deshalb bat Faulhaber seinen Besucher, den er eingeladen hatte, in seinem Haus aus und einzugehen wie ihm beliebte, ihm bei seinem bevorstehenden Streitgespräch in der Münsterbauhütte zu assistieren, zumindest als neutrale Instanz anwesend zu sein und ein objektives Urteil abzugeben. Er setzte voraus, dass M. Polybius – eigentlich M. Du Perron, wie er leicht herausgefunden hatte – gleich ihm die Möglichkeit eines Wunderzeichens anerkannte, analog zu warnenden oder tröstenden Träumen, die uns aufsuchen und die eine zu enträtselnde Bedeutung haben können.

Unser ganzes Leben, auch als Gemeinschaft, ist vielleicht nur wie ein Traum, mit der bangen oder sehnsuchtsvollen Ahnung von hinter dem Traumdunkel lauernden Schrecken oder überlichter Klarheit – gleicht vielleicht einer Traumbühne, mit der Möglichkeit, dass sich plötzlich und unvorhersehbar alle Kulissen umstellen und anders arrangieren können, wie in den italienischen Bühnenhäusern, von denen er gehört hatte. Und warum sollten uns Traumbefangenen, Traumgefangenen nicht auch Zeichen am Himmel und eine Schrift an der Wand (wie im Alten Testament beschrieben) erscheinen können? Und warum sollte nicht auch er im Stand sein, diese Traumzeichen durch Intuition zu deuten – bestätigt durch die tatsächliche Ankunft des Kometen im vorigen Jahr? So dachte Faulhaber.

Polybius zeigte sich jedoch reserviert gegenüber seinem Wunsch. Was Faulhaber auf dessen mögliche Scheu vor einem öffentlichen Auftritt schob, weswegen er solche Bedenken von vorne herein zerstreuen wollte:

„Monsieur müssen keine Sorge haben, dass Sie nicht gehört werden: Ich werde Sie als mir gleichwertigen Mathematiker einführen, was im hiesigen Publikum viel Gewicht hat und beeindrucken sollte. Wenn meine Mitbürger mir auch keine Autorität in Sachen Prophezeiungen zubilligen wollen, als Cossist stehe ich weit jenseits ihrer eigenen Fähigkeiten und sie wissen das. Daher müssen sie mein Urteil darüber, wer ein guter Mathematiker ist, akzeptieren".

Faulhaber wusste nicht, dass M. Polybius schon vorher von Rektor Hebenstreit gefragt worden war, ob er nicht in dessen Sinne bei der Versammlung auftreten wolle, da er glaubte, Schärfe des Verstands und auch Sympathie für seine Ansicht bei dem jungen Franzosen festgestellt zu haben. Das brachte diesen in eine unbehagliche Situation. Zuerst wollte er sich ganz aus der Sache heraushalten, wollte sich zurückziehen und Desinteresse oder Unwissenheit vortäuschen, doch sah er ein, dass ihm beides nicht abgenommen worden oder zumindest seinem Ansehen abträglich gewesen wäre.

„Monsieur Faulhaber", sagte er stattdessen, „Ich werde gerne bei dem Kolloquium dabei sein, den

Argumenten der Parteien zuhören, mir mein Urteil bilden und es auch, wenn gefragt, öffentlich vertreten. Aber ich werde mich durch Ihre Freundlichkeit mir gegenüber nicht dazu beeinflussen lassen, einem Argument zuzustimmen, welches ich nicht völlig als wahr annehmen kann. Wenn Sie das Ihrerseits akzeptieren, werde ich kommen".

Dies genügte Faulhaber. Eine Gefälligkeitszustimmung brauchte er nicht, obwohl ihm auch eine solche in seinem Streit genützt hätte. Doch er vertraute auf die Kraft seiner Argumente und auf die Einsichtsfähigkeit eines von den lokalen Querelen unbeeinflussten, klaren Kopfes, als den er den Besucher ansah.

Denn er fand den umso viel Jüngeren auf eine Weise verständig, wie er es selten bei jemandem seines Alters erlebt hatte. Vor allem begriff dieser sehr rasch, fasste alles beim ersten Mal und konnte es wiedergeben, ob er nun damit einverstanden war oder nicht. Es war ein Vergnügen, sich mit ihm über mathematische Sätze oder Zahleneigenschaften zu unterhalten, denn im Gegensatz zu seinen begriffsstutzigen Mitbürgern, unter denen er sich manchmal wie der sprichwörtliche einäugige König zwischen Blinden vorkam, nahm sein Gast auch ihm zuvor noch unbekannt gewesene formale Aussagen fast spielerisch auf, untersuchte sie, akzeptierte oder verwarf, und gelangte darüber hinaus oft zu einem umfassenderen Verständnis der Sache, denn er wollte immer auf etwas Grundsätzliches, Allgemeingültiges kommen, auf einen Grund, auf dem der Satz beruhte und zurückgeführt und nicht anders besser formuliert werden konnte.

Diese Suche nach dem letztgültigen Ausdruck, der einzigen, eindeutigen Form und Formel schien Faulhaber aber eher eine Besessenheit, ein Zwang, als eine Notwendigkeit, denn für ihn selbst lag gerade im Reichtum der unterschiedlichsten Beschreibungen die Wahrheit, auch in der Mathematik, auch bei Zahlen und Zahlenverhältnissen, welche für ihn voller Leben waren, und wie sollte man das Leben besser fassen als durch eine Vielzahl von Zugängen, immer wieder neu, immer wieder anders? Deshalb sagte er zu ihm:

„Niemand würde etwa auf die Idee kommen, das Sprechen und das Schreiben auf nur eine einzige Art und Weise festzulegen, oder? Jeder spricht ja ein wenig anders, verschieden vom anderen, jede Familie, jedes Dorf, jede Stadt hat ihre Eigentümlichkeiten, die sich ausdrücken will, und erst recht jeder Stamm und jeder Landstrich. Und manchmal spreche ich im gleichen Satz dasselbe Wort verschieden aus, warum es nicht auch unterschiedlich schreiben? Verstehen wird es der andere schon, er weiß ja meistens, um was es geht, und will er es nicht wissen und etwas falsch verstehen, manchmal kommt so etwas vor, was würde es helfen, wenn ich es auf immer dieselbe Weise schreiben würde, es trifft doch nicht auf seine Gutwilligkeit, sein Verstehen wollen.

Dasselbe mit den Rechenschreibweisen. Wir Rechenmeister verständigen uns über unser Geschäft, keine Frage, die Mathematik ist für alle gleich und allen gleich zugänglich, wenn auch nicht jedem gleich einsichtig. Und trotzdem sucht doch jeder seine Art der Darstellung, seine Besonderheit, ist stolz darauf, nicht nur eine allgemeingültige Regel gefunden zu haben, sondern auch darauf, sie kunstvoll ausgedrückt zu haben, nach eigener Erfindung."

Er selbst freute sich darüber, wenn ihm eine neue, schöner klingende Formulierung für ein bekanntes Rechenexempel eingefallen war, nicht anders, als wenn ihm der Text zu einer Melodie in seinen Meistersinger Übungen gelungen wäre. Klang etwa nicht „Tetrakißmyriochiliodiacosioenneniconagonal", eine Zahl, die er selbst so benannt hatte, nach etwas Großartigem, was es in seinen Augen ja auch war, wie alle Pyramidalzahlen? War nicht die Erfindung neuer poetischer Wörter und Begriffe ein Wert an sich? (abgesehen davon, dass es ihn in der Konkurrenz der Rechenmeister von den übrigen abhob).

Monsieur Polybius war nicht dieser Ansicht:

„Ich bewundere die Poesie, ich staune darüber, wie manchmal unverständige Dichter allein durch ihre Sprache eine Sache wahrhaftiger ausdrücken können als Philosophen, die umständlich und gewunden der Wahrheit auf den Grund gehen wollen. Der Schwung der Inspiration beflügelt oftmals mehr, und Pegasus hat eine weitere Reichweite als der Melancholiker, der mit seinem Stab Zeichen auf den Boden vor sich kritzelt. Und doch müssen wir uns selbst beschränken, davon bin ich überzeugt, wollen wir uns aus dem Traumzustand unverstandener Zufallserscheinungen oder bloßer Überlieferungen in eine sichere Gewissheit retten. Schöne, aber leere Worte sind schnell gefunden. Phrasen sind billig zu haben. Und Meinungen gibt es wie Sand am Meer, Meinungen gibt es so viele, wie es Köpfe gibt. Nur wenn wir den festen Grund gemeinsamer und von niemand Verständigem mehr anzweifelbarer Sätze erreichen, stehen wir jenseits von Meinung und damit auch jenseits von Streit und Krieg um Worte."

Womit der Franzose sich vielleicht weiter vorgewagt hatte, als er eigentlich wollte, denn damit deutete er an, dass die ganzen Konfessionsstreitigkeiten und Religionskriege nichts anderes als ein Streit um Worte wären (um von anderen Motiven zu schweigen). Etwas, was ihm von jeder der darin verwickelten Parteien, so auch seiner eigenen Väterreligion, übelgenommen worden wäre, mit möglicherweise unangenehmen oder sogar tragischen Folgen. Faulhaber ging nicht darauf ein.

Doch die Konfession seines Besuchers (und das war sie nun geworden) setzte sich fort:

„Mit Worten wird ein Reich der Worte errichtet, in der die Dinge anders erscheinen als sie sind. Ich dagegen will genau hinschauen, um dieser Wortverblendung zu entgehen. Was ist? Was ist wirklich? Warum gibt es eine überlieferte Ansicht über eine Sache, doch keinen genauen Befund, gefunden durch Erkunden? Warum halten wir uns an die Märchen der allgemeinen Meinung und festgeschriebenen Glaubenssätze, anstatt uns selbst darüber aufzuklären, was wir finden, wenn wir suchen?

Es ist doch so: Die meisten berauschen sich an Wortzauber und Zauberworte, ihre Welt besteht daraus. Ammenmärchen, Sagengestalten, Erzählgeschichten, Wundererzählungen. Diese Wortwelt genügt ihnen, das leichte Gespinst aus Nacherzähltem und Meinung und Vorurteil. Ihre Wissenschaft ist wenig mehr als die Aufzählung solcher aus Rede gefertigten Einbildungen. Überliefert und damit sakrosankt, wie alles, was aus sagenhaften Urzeiten stammen soll. Und dazu kommt noch: Jeder spinnt sich in seine eigene Meinung ein, so viele Bewohner ihres eigenen Kokons, wie es Gelehrte, Theologen, Publizisten gibt. Es ist ein Irrgarten an als Wahrheit reklamierten Romanerzählungen, die voller Überzeugung vorgetragen werden. Plausibel für die Vortragenden und für den Teil des Publikums, welches ihrer Argumentation gerne folgt.

Wie könnten sie mir ihre Rede jedoch beweisen, wenn ich ihre Worte anzweifelte? Sie können es nicht, können mich nur mit einem klugen Wortschwall überschütten. Keine Beweise! Kein Hinweis, kein Zeigen auf etwas, was in gleicher Weise vor uns liegt, wenn wir über dasselbe reden. Doch es geht noch tiefer, das Ausloten unserer Unwissenheit, unserer Ungewissheit: Was können wir überhaupt wissen? Was können wir überhaupt für wahr halten von dem, was wir wahrzunehmen, zu wissen glauben?

Hier möchte ich meinen sicheren Grund finden, auf dem ich stehen kann. Ich will nicht wie die Skeptiker alles anzweifeln müssen, weil ich nicht gewiss sein kann, Traum und Realität unterscheiden zu können und mir sagen muss, alles könnte auch ein Traum sein, ein realistischer eben. Weil ich im Traum träumen könnte, dass ich nicht träume. Wie kann man in dieser Frage zur unbezweifelbaren Gewissheit kommen? Und vielleicht sind wir ja auch, darüber hinaus, nur Figuren im Traum eines anderen, eines uns hoffentlich wohlgesonnenen göttlichen Wesens, der Illusion ausgeliefert, eigenständig zu sein, ein eigenes Wollen zu haben, eigene Absichten, und werden doch nur auf uns unbegreifliche Art imaginiert. Wie könnte man das durchschauen?

Wenn ich nicht der Autor meines eigenen Lebens bin, wer ist es dann? Ich kann nicht anderes glauben als dass ich und du und alles Übrige real sind, wirklich sind, doch wie kann ich es mir und dir beweisen, es jemandem beweisen, der einen untrüglichen Beweis fordert?"

Er schwieg, machte eine Pause in seinem Monolog, dem Faulhaber nur mühsam folgte, ihn jedoch nicht unterbrach, einerseits aus Höflichkeit, andrerseits, weil er dem tiefen Ernst und der Radikalität dieses Zweifels nicht mit oberflächlichen Argumenten kommen wollte, ihm auch wenig entgegensetzen konnte.

„Ich für mich möchte lernen, Wünsche und Hoffnungen von Realitäten und bloße Ängste von wirklichen Bedrohungen zu unterscheiden. Zu wissen, wann ich etwas weiß und zu wissen, wann ich etwas vermute. Zu wissen, wann ich gute Gründe für eine Vermutung habe und zu wissen, wann ich keine triftige Begründung dafür angeben kann. Ich möchte aus allen Täuschungen auftauchen und allen Vorspiegelungen entkommen. Ich möchte ohne eingepflanzte Vorurteile dasjenige aufnehmen und für wahr halten, was ist. Und wenn ich dazu in einem ersten Schritt alles für unwahr halten müsste. In meinem Zweifeln bis auf den letzten Grund eines einzigen Unbezweifelbaren herabsteigen müsste. Ich möchte bei etwas Unumstößlichem angekommen sein, wenn ich sage: ich weiß.

Deswegen meine Vorsicht: Einen Satz nur aufzustellen, wenn er evident ist. Nur als evident zu akzeptieren, was so klar und einsichtig ist, wie ein Axiom in der Mathematik. Um etwas klar und mit einem Blick überschaubar zu machen, es aus einer komplizierten, verwirrenden Erscheinungsform in etwas möglichst Einfaches überzuführen. Und wenn ich es in seine Grundformen zerlegen müsste, wiederum wie in der Mathematik.

Dann lägen mir seine Teile als einfache Naturen vor, evident, da nichts weiter auseinander zu nehmen und zu hinterfragen ist, sich mir die Sache intuitiv auf einmal und durch und durch erschließt. Auf dem Grund angekommen. Und ich im Weiteren, auf diesem Grund stehend, wiederum nachvollziehbar angeben kann, wie sich das Komplizierte nach einsehbaren Regeln aus dem Einfachen zusammensetzt. Und dabei nichts auslasse, lückenlos vorgehe. Das würde ich dann

Wissenschaft nennen, wenn das Wissen so aufgebaut wäre.

Was finde ich stattdessen? Buchwissen, aus alten Folianten zusammengesucht, ungeprüft übernommen, nur den entsprechenden geheiligten theologischen Prämissen angepasst. Oder logische Zirkel, seifenblasenartige luftige Gebilde, sich selbst beweisend und in sich kreisend, schön anzusehen, schillernd, doch leichtgewichtig, durch die Realität schnell zum Platzen zu bringen. Oder Erfahrung, doch aus einem kruden Erklärungshintergrund interpretiert, damit beinahe wertlos.

In der Mathematik habe ich Sätze, die bewiesen werden können, aber was beweisen solche Sätze für die reale Welt? Oder lässt sich am Ende doch alles auf Mathematik und Zahlen zurückführen? Wenn alles, was wir wahrnehmen und was in der geschaffenen Welt existiert, aus kleinsten, elementaren Körpern bestehen würde, die Ausdehnung haben, und eine relative Bewegung, und deshalb gemessen und bestimmt werden könnten, wäre so etwas dann möglich? Ich weiß es nicht. Und wüsste es doch gern".

Der Jüngere stockte. Faulhaber konnte sich in ihn hineinversetzen, konnte seine Zweifel verstehen, seine Fragepein, aber er war nicht mit der

Richtung einverstanden, in der dieser die Lösung suchte.

Es würden sich nie alle Erscheinungen, Verhältnisse, Wesen auf letzte Bestandteile, Gründe oder Prämissen reduzieren lassen, und wenn, dann nur auf Kosten der erlebbaren Eigenschaften, um derentwillen wir sie lieben und wertschätzen. Die sie uns wertvoll machen. Diese letzten Gründe, auf die sich alle einigen können, da sie nicht mehr hinterfragt werden müssten oder könnten und die deshalb aus dem Streit der Meinungen gerettet werden würden, die gibt es nicht. Nicht in diesem Leben. „Jetzt schauen wir wie in einen trüben Spiegel und sehen nur Rätsel, dann aber von Angesicht zu Angesicht.", wie Paulus sagte. So Faulhabers Überzeugung.

Er selbst musste es sich ja eingestehen, dass ein Versuch, seine eigene innere Gewissheit zu vermitteln, vergeblich wäre – sogar bei einem gleichrangigen Geist, und das war der Jüngere, vielleicht mehr als das. Den der hatte in diesem Punkt Recht: Sie konnten sich in vollkommener Übereinstimmung darüber befinden, dass die Zahl 666 eine Pyramidalzahl auf der Basis eines 9ecks sei, und doch würde der andere wahrscheinlich das Wunder der Zusammenhänge, welches ihm selbst beim Nachsinnen darüber aufgegangen war, nicht auf dieselbe Weise erleben – als Blitz, als Lichterlebnis, als Einschlag.

Es war in seiner Seele gewesen, hatte ihn berührt, es war Jubel gewesen und fast unerträgliche Dehnung in ein Übermaß der Ahnung und des Verständnisses. Es war übervoll süß und erschreckend zerreißend gewesen. Alles und zu viel und klar und umfassend gleichzeitig. Es war erschütternd gewesen, hatte ihn durchfahren, durchgerüttelt und ihm, nachdem es vergangen war, eine Wehmut hinterlassen, die ihn darauf hinwies, dass etwas gewesen war, was nun versunken und so nicht mehr vorhanden war, nicht zu vergleichen mit der Erinnerung daran.

Wie hätte der andere dieses Erlebnis nachvollziehen können, nur durch das Aufnehmen des Ergebnisses einer Rechnung? Es war seine persönliche Gnade gewesen, die ihm zugekommen war, sie trat nicht automatisch auf, berührte nicht jeden, vielleicht nur ihn und vielleicht auch ihn nur einmal im Leben. Und die Evidenz, die ungetrübte, bis auf den letzten Grund klare Gewissheit, die er dabei verspürte, auf die er sich stützte, die war nicht übertragbar, nicht in dem ihm wesentlichen Punkt. Sie blieb in ihm, als sein eigenes Erleben: Nur die Außenschale seiner innerlichen Verbundenheit mit dem Wesen der Welt, als welches er das Evidenzerlebnis auffasste, konnte der andere berühren und als Faktum registrieren. Nur dessen Hülle.

Die eingeschränkte, punktuelle Evidenz, die sein junger Gast postulierte und von der er der Meinung war, sie würde von jedem akzeptiert werden können, die war es nach Faulhabers Ansicht nach nur deshalb, weil sie nichts Wesentliches betraf, weil sie inhaltsleer, bloß formal war, nichtig. Und auf ihr deswegen auch nur Formales, Nichtiges aufgebaut werden konnte. Keine reale Welt. Keine Welt, in der er selbst, Faulhaber, vorkam.

Diese Evidenz betraf bloß die Vernunft (was auch nicht wenig war), nicht den brausenden, sich mit der Seele vereinigenden Geist, wie es Giordano Bruno in seiner Philosophie formuliert hatte. Also würde es weiterhin Streit und Auslegungen und unterschiedliche Standpunkte geben, wenn nicht etwas Anderes dazukäme: das Gespräch. Die Zusammenkunft aller Willigen im Geiste und ihre Bereitschaft dabei, aufeinander zuzugehen und den anderen mit seinen Ansichten anzunehmen und ihn nicht um der eigenen Meinung willen abzulehnen. Das Gespräch, das alle miteinander verband, die große Kommunion, der Austausch. In der Wissenschaft. Und auch in der Religion.

Seit vor hundert Jahren Luther seine Thesen veröffentlicht hatte, gab es einen Disput darüber, doch es war ein Streitgespräch selbstüberzeugter

Köpfe. Jeder beharrte auf seiner Wahrheit; Konfessionen spalteten sich ab, und einigte man sich auf eine gemeinsam getragene Wahrheit, schloss man gleichzeitig andere aus, die dieser Wahrheit nicht folgen konnten oder wollten. Deswegen erlebte Faulhaber das Manifest der Rosenkreuzer wie einen Aufruf zur Überwindung dieses Parteiengezänks, glaubte, hoffte auf eine wirkliche Reformation, die erst noch kommen würde. Und glaubte insgeheim immer noch daran, wie zu Zeiten seiner abendfüllenden Gespräche mit Noah, dass das Wunder der Herabkunft des Geistes dies bewirken könnte. Nur das Wunder dies bewirken könnte.

Dann wäre auch eine Gemeinschaft von Wissenden möglich, die Verantwortung für ihre Mitmenschen übernehmen würden und mit ihrem Wissen das Leben auf der Erde zu verbessern suchten, sich um Erleichterung der Lebensmühsal sorgten. Und ihr Forschen und Nachdenken würde allen zugutekommen, was durch einen wahrhaftigen Friedensfürsten garantiert werden müsste. Wie in den Prophezeiungen versprochen.

„Ich glaube daran", sagte er deswegen zu seinem Gast, als er im Laufe ihrer Gespräche auf dieses Thema zu sprechen kam (ansonsten suchten sie die heiklen Klippen der Politik zu umschiffen) „dass die alte Welt, welche jetzt noch so übermächtig scheint – und sogar in den reformierten Gebieten und Fürstentümer die Stellung behauptet – in dem anbrechenden apokalyptischen Kampf niedergerungen und geläutert werden wird. Wodurch eine wirkliche Renovation der menschlichen Zustände herbeigeführt werden kann. Und", setzte Faulhaber hinzu, „Ich glaube daran, dass sich diese Erneuerung schon bald ereignen wird, allen Vorausberechnungen nach. Schon bald wird er in Erscheinung treten, der Friedensfürst, die Heere sind schon aufgestellt, mit denen dieser Kampf ausgefochten werden wird. Es wird allerdings nicht der Württemberger sein, wie es Meister Studion in seiner Naometria angedeutet hat, nicht der König von Dänemark und Norwegen, der Löwe aus dem Norden ist ein anderer. England und die Pfalz zusammen werden das neue Zeitalter einläuten. Frankreich wird beistehen. Dänemark und Schweden werden zu Hilfe eilen. Rom und Spanien und der parteiisch gewordene Kaiser werden ihre Macht verlieren und ihren Anspruch auf die Weltherrschaft aufgeben müssen".

Der junge Franzose sagte dazu nichts. Spätestens im Frühjahr nächsten Jahres würde es einen Kampf geben, auch er war davon überzeugt: Union und Liga bereiteten sich auf diese Auseinandersetzung vor, wenn auch noch niemand dazu bereit war, den ersten Schritt zu tun. Und er würde auf der anderen Seite stehen, nicht auf der, auf die Faulhaber setzte. Für ihn hatte der kommende Krieg nichts Apokalyptisches, er war nicht die letzte Wirrung vor dem sich ankündigenden endgültigen Friedensreich. Er war nur politisches Tagesgeschäft: jeder suchte seinen Vorteil in wechselnden Koalitionen, eindeutig Gut und Böse gab es nicht. Der Krieg würde bloß Krieg sein. Wie immer.

***

Monsieur Du Perron hielt sich bedeckt. Er war hierhergekommen, einer sagenhaften Geschichte nachzuforschen, eine Geheimgesellschaft ausfindig zu machen, die versprach, in Bälde alle Rätsel der Natur und Geschichte aufzulösen, Erkenntnisse im metaphysischen Bereich inklusive, und er hatte geglaubt, in Ulm auf der richtigen Fährte zu sein. Faulhaber war sein Anknüpfungspunkt gewesen. Doch Faulhaber war eine Sackgasse.

Er leugnete, der Rosenkreuzerbruderschaft anzugehören, sprach stattdessen davon, dass er selbst darauf hoffte, mit dieser in Verbindung treten zu können, vielleicht sogar, wenn er würdig wäre (woran er aber zweifelte) von ihr kontaktiert zu werden. Bis dahin würde er sich bemühen, alle Neuigkeiten darüber zu verfolgen, jede Information darüber zu sammeln, die Hermetischen Schriften weiter zu studieren und sich empfänglich für eine zu erwartende Offenbarung zu halten.

Faulhaber wollte gerne, dass Monsieur Polybius sich dem Kreis von Menschen anschloss, die sich bei ihm regelmäßig trafen und sich dann über die Themen austauschten, wie sie im Manifest der Rosenkreuzer aufgeführt wurden: Reformation aller Lebensbereiche, Reformation der Wissenschaft, natürliche Magie, Medizin des Paracelsus und Lebenselixier, Kabbala, Transmutation der Metalle, Zahlenmysterium und Mathematik, ebenso Ingenieurskunst.

Polybius zögerte. Rektor Hebenstreit hatte ihn davor gewarnt, sich allzu sehr auf die Gesellschaft Faulhabers und seiner Gleichgesinnten einzulassen, er hatte angedeutet, diese würden observiert. Die Stadtoberen verdächtigten Faulhaber, das Haupt einer Rosenkreuzerverschwörung zu sein, deswegen setzten sie Spione auf ihn an. Es wurde vermerkt, wer sich wann und wo mit ihm traf; ein Zirkel von bis zu 70 Personen wurde vermutet, unter ihnen auch der Patrizier Hans Ludwig Schad, den man gesehen hatte, wie er im Münster den Kopf mit Faulhaber zusammensteckte und offensichtlich Geheimes besprach. Die Anzeige einer beunruhigten Ehefrau war eingegangen, dass sich ihr Mann bei Faulhaber und seiner Gesellschaft herumtriebe, ob man dies nicht abstellen könne.

Doch dies war nicht der Hauptgrund für das Zögern des jungen Franzosen – zu berücksichtigen, aber nicht ausschlaggebend. Seine Zurückhaltung wuchs aus der Bekanntschaft mit dem, wie dort Wissenschaft verstanden wurde. Je mehr er darüber erfuhr, desto weiter rückte er innerlich davon ab. Nirgends gab es Erklärungen, die ihn befriedigten, da verständlich nachvollziehbar. Er konnte nur konstatieren, wie ein unverstandener, unverständlicher Begriff durch einen anderen, ebenso undurchschaubaren erklärt werden sollte, um am Schluss der Erklärungskette bei dem „Wesen" der Sache zu landen, welches unhintersteigbar war und mit dem man deshalb herrlich jonglieren konnte. Das hatte er schon bei den Patres im Collège gehabt und war ihm schon damals sauer aufgestoßen. Wenn man nicht mehr weiterkam wurde Aristoteles zitiert und damit war die Sache erledigt.

Wie sollte er bei solcher Fragwürdigkeit sich nicht eher an die Skeptiker halten, die alle diese konstruierten Erklärungsversuche grundsätzlich anzweifelten und gegen deren Zweifel, außer noch größerem Zweifel (zweifeln am Zweifel), wenig bis nichts entgegengesetzt werden konnte? Doch wollte er nicht wirklich in der Ungewissheit und in der Skepsis verharren. Im Gegenteil. Er suchte einen festen Grund, um sie hinter sich lassen zu können. Dieser feste Grund war aber nicht die Basis, auf der die Rosenkreuzer oder diejenigen, die sich wie Faulhaber mit ähnlichen Vorstellungen beschäftigten, gründeten: Zu ungesichert schien ihm all das. Zu sehr von nicht bewiesenen Annahmen abhängig. Sie ergaben zwar ein schönes, in sich geschlossenes Bild der Welt und des Kosmos, doch stimmten sie auch mit der konkret vorliegenden Realität überein?

Alles beruhte mehr oder weniger auf Analogieschlüssen und Modellübertragungen. Was konnten ihm daher die Bildwelten der Alchemie noch sagen? Ihre metaphernreiche Anspielungen und assoziativen Querverweise? Was die Zahlenspekulationen der Kabbala? Was Prophezeiungen und Raunen von Weltgericht und Endzeit? Das alles erschien ihm unbegründet, unlogisch oder einfach nur umständlich, wie etwa das Verfahren der Mnemotechnik, das ihm Faulhaber am Beispiel seines eigenen Gedächtnispalastes erklärt hatte. Sollte so etwa das Gedächtnis funktionieren, über unsinnige, logisch nicht nachvollziehbare Assoziationen? Das konnte er nicht akzeptieren.

Das, was er von Faulhaber über die Intentionen der Rosenkreuzer erfahren hatte, gefiel ihm in Hinblick auf deren Ziel, ein praktisch ausgerichtetes Wissen zu entwickeln, welches zur Verbesserung des Alltags dienlich war, doch nicht in Hinblick darauf, wie sie dieses Wissen anstrebten: Dieser Weg schien ihm in die Irre zu führen, schien in einer Sackgasse zu enden.

Wenn es keine gesicherte Prüfung der Gewissheit eines Faktums gab, wie konnte man den Irrtümern entkommen? Alles bliebe im Reiche der Fantasie; Meeresungeheuer, Drachen, Sirenen, Riesen, Menschen mit nur einem Bein oder nur einem Auge mitten auf der Stirn, Hexen, Zauberer, Kobolde wären weiterhin mögliche Erdbewohner, alles, was vorstellbar war, würde auch als wirklich angesehen. Natürlich gab es auch erhellende, erbauende Mythen und poetische Vorstellungsbilder, die das Dasein erfüllen konnten, lebte man damit, doch die Wahrheit war etwas zu Kostbares, um sie Märchen zu opfern.

In Ulm und in der Begegnung mit Faulhaber wurde ihm klar, dass sein Weg ein anderer war. Er suchte nach einer anderen Erkenntnismethode. Nach einer Methode überhaupt! In Ulm wurde ihm klar, dass es eine solche Methode geben musste. Und dass diese weder mit den Festlegungen und

Annahmen von Aristoteles und der Scholastik noch mit den alten Bildern des Hermetischen Wissens zu tun hatte. In Ulm war er sich plötzlich sicher, dass er dazu berufen sei, diese Methode zu entwickeln. Er der Berufene sei, den Weg zu einer neuen, in der wirklichen Welt gründenden Wissenschaft zu öffnen. Und er fühlte, glaubte sich nahe daran. Sehr nahe. Doch noch war sie wie durch Schleier vor ihm verborgen.

**

Der junge Mann schreckte aus dem Schlaf. Ein kräftiger Donnerschlag durchhallte verebbend seinen Halbschlummer, Echo des Traumes, den er eben gehabt hatte. Er saß aufrecht im Bett, schaute sich um, noch immer voller Traumbilder und im Übergang zum Wach sein. Funken flogen durch die Stube, wie elementares Feuer, der Traum war noch in seinem Auge, verblasste allmählich und mit ihm die Feuerfunken. Die Gegenstände im Gasthofzimmer erhielten wieder ihr Tagesrecht und wurden gewöhnlich.

Über die zerstiebenden Funken wunderte er sich nicht besonders, dies geschah ihm nicht zum ersten Mal, man müsste herausfinden, welchem Zustand des Auges oder des Geistes dies zu verdanken ist, dachte er. Doch den Donnerschlag nahm er als Zeichen. Erwache! Erwache zu dir...

Es war schon der zweite Traum in dieser Nacht, der so eindrücklich war. Auch der erste kam ihm nun wieder ins Bewusstsein: Ein heftiger Sturm hatte ihn vor sich hergetrieben und herumgewirbelt, er war gestürzt, eine Kirche wie in seinem alten Collège La Flèche bot sich als Zuflucht an, dann war da noch ein Mann gewesen, der ihn ansprach, ihm eine Melone zeigte und ihn bat, sie jemanden zu überbringen, an dem er zuvor grußlos vorbeigegangen war.

Noch während seines ersten Aufwachens, so erinnerte er sich jetzt, hatte er bemerkt, wie seine linke Körperseite durch das Liegen taub geworden war, er sich kaum rühren konnte und sich mühen musste, sich auf die andere Seite zu drehen, was ihm sein Umfallen im Traumwirbelwind erklärte. Der Wind, der ihn so stark angeschoben hatte, war Zwang gewesen und trieb ihn doch dorthin, wohin er von allein hinwollte: zur Einkehr in den Glauben.

Noch lange hatte er über die Bedeutung dieser Traumbilder gegrübelt und darüber, was Gut oder Böse im Leben ausmachten, was Schuld und was Verfehlung war, Ziele und Aufgaben, da er empfand, dass es in seinem Traum eben darum ging.

Beide Träume zusammen waren ihm ein Warn- und Aufwecksignal – so verstand er sie.

Es war nicht immer so, dass ihn Träume derart stark ansprachen, dieses Gefühl der Eindringlichkeit war selbst eine Botschaft: Oft waren es viel bewegendere, aufregendere Szenen gewesen, die er im Traum erlebt hatte, doch waren diese während des Aufwachens verblasst und spielten kurze Zeit später keine große Rolle mehr im Wachleben. Jetzt anders.

Während er entschlossen war, wieder einzuschlafen – der Morgen lag noch weit vor ihm und er hatte eine bequemere Stellung eingenommen – sinnierte er darüber, wie schon oft zuvor, was ihn eigentlich annehmen ließ, er wäre jetzt wach und würde nicht träumen. Denn das andere kannte er ebenso: Ein Traum, in dem er träumte, wach zu sein. Ein Wachzustand, in dem er sich wie im Traum fühlte. Ein Traum, in dem er wusste, er träumte. Auch dachte er darüber nach, was in all diesen Zuständen seines Bewusstseins gleichbleibend gewiss blieb, nicht abhängig von seinen getrübten oder geschärften oder durch Traumbilder illusionär getäuschten Sinneseindrücken, die ihm einmal diese, ein andermal jene Realität vormachen konnten, ohne dass er immer sogleich ihr Zustandekommen vollkommen durchschaute. Über diesen Gedanken schlief er ein.

Und wieder hatte er einen Traum. Diesmal fand er sich in einer Stube, einen Tisch vor sich, auf dem ein Buch lag. Er nahm es auf und blätterte darin. Es war eine Enzyklopädie, in der die Welt in Worte gefasst wurde, ein Kompendium des Wissens. Ohne Übergang hatte er plötzlich ein anderes Buch in der Hand, eine Sammlung lateinischer Gedichte, das „Corpus poetarum". Sein Blick fiel auf die erste Zeile eines ihm bekannten Poems „Quod vitae sectabor iter?" –Welchem Weg wirst du im Leben folgen? Jemand, der neben ihm stand, merkte an, er wüsste einen noch besseren Vers, der mit „Est et non" begänne.

„Auch ich kenne dieses Gedicht, es ist mit in der Sammlung enthalten", sagte der Träumende zu dem Fremden und suchte in dem Buch danach, „allerdings hatten wir im Collège nicht diese Ausgabe hier, mit Bildern".

Der Mann fragte ihn nun, woher er denn das Buch habe.

„Ich weiß nicht, eben hatte ich noch ein ganz anderes in Händen".

Im gleichen Augenblick bemerkte er das verschwundene Lexikon am anderen Ende des Tisches. Als er sich wieder damit beschäftigte, schienen ihm manche Artikel verändert oder nicht mehr existent, er legte es zurück, um in der

Gedichtsammlung nach dem Vers „Ist und nicht"
von Ausonius zu suchen, ohne ihn jedoch zu finden.

Buch und Mann verschwanden auf einmal und er fragte sich, immer noch als Träumender, was diese Traumbilder wohl bedeuten würden. Im Nachgrübeln darüber wachte er auf, sann weiter im Wachzustand über die Szene nach.

Diesmal hinterließ der Traum ein tiefes Gefühl des Erfülltseins. Er hatte eine Antwort gefunden. Das, was ihn die letzte Zeit beschäftigt hatte, die Frage nach seiner Bestimmung, nach seinem Stand im Leben, schien ihm in diesem Traum beantwortet. Auf eine Weise allerdings, wie für einen Traum üblich: als Rätselbild. Als Traumantwort eben.

Doch hatte er schon vorher gewusst, dass er an diesem Zeitpunkt seines Lebens vor der Entscheidung stand, welchen Weg er einschlagen solle. Wie es weiterginge. Und auch, dass sein eigener Weg mit dem Wissen über die Natur der Dinge und mit der Klärung des Ja und Nein einer sicheren Erkenntnis zusammenhing.

Immer noch war er unschlüssig gewesen, ob er nicht doch dem Wunsch seines Vaters folgen und, anstatt in der Welt umher zu ziehen, ein ertragreiches juristisches Amt in einer französischen Kleinstadt kaufen und sich ansonsten um die Angelegenheiten seiner Familie und um die

Verwaltung von deren Gütern kümmern sollte. Ob er nicht besser ein Leben führen sollte, wie es einem Adligen angemessen wäre.

Doch das war nun entschieden: Auch wenn ihn die Verachtung seines Vaters treffen würde, der nichts davon hielt, sein Leben dilettierend mit dem Aufschreiben von Gedanken und der nicht standesgemäßen Beschäftigung mit Mathematik und anderen müßiggängerischen Tätigkeiten zu verbringen, es war seine Sendung, die Wissenschaften auf festen Boden zu stellen; ein Leben des Forschens, Klärens, Philosophierens zu führen, zu schreiben, zu publizieren, die Welt durch seine methodischen Überlegungen gewisser und damit vernünftiger zu machen. Das Licht der Vernunft sollte mit seiner Hilfe verbreitet, die alptraumähnliche Nacht der Gegenwart allmählich überwunden werden.

Die folgenden Tage blieb er in seiner Stube. Abgeschnitten von der Welt, die draußen im Schnee versank, geschützt vor der unbarmherzigen Kälte, welche sich auch in diesem Jahr wieder sehr früh eingestellt hatte, das wärmende Kaminfeuer durch die Magd unauffällig versorgt: ein behaglicher Rückzugsort. So wie er schon die Tage vorher in der Zuflucht seiner warmen Stube verbracht hatte, grübelnd und sinnierend, die Themen seines

Lebens sortierend. Doch nun war er von einem Enthusiasmus erfasst, welcher ihn hoch über die Alltagsroutine trug, der auch er sich normalerweise kaum entziehen konnte.

Die Träume hatten ihn in einen Zustand versetzt, der unerklärlich war, einer religiösen Offenbarungserfahrung glich, und er dankte Gott dafür, dass er ihn auf diese Weise emporgehoben hatte. Er gelobte eine Pilgerfahrt nach Loreto in Italien, sobald es seine Angelegenheiten hier zuließen.

Nur langsam ebbte sein Hochgefühl ab, bis er sich schließlich wieder in normaler Verfassung in einer gewöhnlichen Gaststube fand, zur Überwinterung in einer abgelegenen Provinz Süddeutschlands. Und beschloss, die Abgeschiedenheit seiner Lage zu nutzen, seine Träume aufzuschreiben und weitere Schriften zu konzipieren.

Er war hierhergekommen, um der peinlichen Lage zu entgehen, in die in die Bitten der beiden Parteien des Kometenstreits gebracht hatten, an der jeweiligen Seite der Kontrahenten sekundierend teilzunehmen. Da kam es gelegen, dass er eine Anfrage seines künftigen Regimentes zum Vorwand nehmen konnte, nach Bayern weiter zu ziehen. Hier, in der Einsamkeit, ohne Umgang mit anderen als dem Wirt und der Dienerschaft, hatte er seine Bestimmung gefunden. Das war ihm bewusst. Dies war sein Erweckungserlebnis.

***

In welcher Welt leben wir? Wer regiert uns? Zufall? Notwendigkeit? Vorsehung? Können wir durch unseren freien Willen (vielleicht sogar durch unser Denken) den Lauf der Dinge bestimmen? Oder, im Gegenteil, ganz und gar nicht? Wie können wir dies durchschauen?

Es hängt von der Natur der Sache ab, was davon zutrifft. Auch heute, wie damals zu Zeiten Faulhabers und Descartes, sind solche Fragen nicht wirklich entschieden, man wählt, falls man sich überhaupt damit abgibt, einen Standpunkt aus, der einem zusagt. Und trotzdem kann es einen umtreiben, kann man vor derselben Frage nach Gewissheit stehen wie der junge Du Perron. Das verbindet uns Heutige mit dem Damals. Sicher sein können wir uns nur über das Faktum unserer eigenen Existenz. Der spätere Descartes formulierte es so: „cogito ergo sum", „ich denke, also bin ich."

Doch was folgt danach? Wir setzen voraus, dass auch eine Welt existiert, unabhängig von uns, die uns bedrängen, zwingen kann, deren Regeln und Notwendigkeiten wir unterworfen sind, die also

Real sein muss. Doch wie real ist die Realität? Was kommt in ihr vor und was kann in ihr nicht vorkommen? Was sehen wir, weil wir anderes nicht sehen können, was wäre für uns wirklich, wenn wir dafür erwachen würden?

Im Traum ist Magie möglich. Würden wir in einer Traumwelt leben, wäre Magie möglich. Leben wir in einer Traumwelt? Es könnte eine sein, in der wir träumen, dass wir nicht träumten. Wer entscheidet diese Frage? Wie? Könnten wir uns von außen beobachten, von außerhalb unserer Welt, wüssten wir die Antwort.

Es könnte durchaus sein, wäre nicht auszuschließen, dass unsere so festgefügte, sinnlich wahrgenommene Welt ein Sonderfall in dieser magischen Traumwelt wäre, eine Insel der Ordnung in der übergeordneten Realität des Alles-ist-möglich (oder wie auch immer diese Realität zu bezeichnen wäre). Eine Insel, die in sich abgeschlossen ist, widerspruchsfrei stimmig, die durchgängig ist, in der Konsistenz herrscht, Kohärenz, ebenso Notwendigkeit, das Gesetz von Ursache und Wirkung und, damit verbunden, dass die Ursache der Wirkung vorausgeht und die Zeit unumkehrbar ist. Und konsistent bedeutet: mit Hilfe der Mathematik berechenbar, durch und durch, bedeutet auch, das Programm des Descartes ist durchführbar und garantiert die wissenschaftliche Erkennbarkeit der Welt.

Die große Frage dabei ist: Gibt es Lücken in unserer Welt, die darauf hinweisen, dass diese Gesetze nicht durchgehend gegeben sind? In der Quantenphysik öffnen sich durchaus solche Lücken, auf quantenphysikalischer Ebene fundamental in der Grundstruktur enthalten. Würfelt Gott etwa doch? Wie damit umgehen?

Am anderen Ende der Skala von kleiner als Klein zum Größten, das gesamte Universum betreffend, finden wir im Geburtsaugenblick von diesem eine andere Grenze unseres naturwissenschaftlichen Erkennens: Welche Gesetze dort und ob welche galten, darüber lässt sich bloß spekulieren.

Eine weitere Grenze oder Lücke ist unser Bewusstsein selbst: Unser Bewusstsein vermittelt sich selbst die Botschaft des Festgefügt seins der Welt, in deren Prozesse es sich eingebunden weiß. Was, wenn es auf andere Botschaften horchen würde? Wenn es die Signale umgruppierte, anders codierte, einen Subtext läse oder überhaupt die Kulissen umstellte?

Wiederum könnte nur ein Beobachter von außen entscheiden, ob ein tiefergehendes Verständnis der Wirklichkeit vorläge oder ein Irresein, ein Krankheitsphänomen. Nur der Dämon könnte dies tun, der eventuell betrügerische Gott Descartes'.

Und wir, wie könnten wir selbst dies beurteilen? Von innen? In Bezug auf uns selbst, als aktuell Denkende, sind wir in der privilegierten Lage, Macher und Beobachter gleichzeitig sein zu können. Uns selbst beim Denken zuschauen zu können. Gibt es jedoch jenseits dieser Exklusivität einen noch umfassenderen Standpunkt, der des gleichsam göttlichen Wesens, von dem aus sich alles anders als für uns darstellen würde? Und zwar inklusive unseres eigenen dabei eingenommenen Beobachterstandpunktes? Und anders als das Außenbeobachten des Neurobiologen, der Gehirnaktivitäten aufzeichnet und damit Gedanken sichtbar gemacht zu haben glaubt? Gäbe es diesen mehr als privilegierten Beobachter des Beobachters seiner selbst, was würde dieser sehen, während sich für uns eine Welt aufbaut?

Zur Zeit Descartes' führte dieser Gedankengang in die beruhigende Auflösung, dass die Güte Gottes garantiere (und zwar nur diese), dass sich die unserer Beobachtung zugängliche Welt als die einzige, reale Welt herausstelle, da Gott kein Betrüger, kein Vorgaukler sein kann, sondern uns die Fähigkeit mitgegeben hat, die wirkliche Welt zu erfahren. Oder heute, in einer modernen Version, zur begründeten Vermutung, die Evolution (die nun die Stelle Gottes einnimmt), habe uns in einem äonenlangen Anpassungsprozess so geschaffen, dass wir uns in einer für unser Überleben nötigen Art und Weise in der Realität aufhalten, unser Erkenntnisvermögen miteingeschlossen.

Im Computerzeitalter gibt es in Hinblick auf unsere Realitätsgewissheit ein weiteres Szenarium, das wir uns ausmalen können: Gäbe es einen Supercomputer (wie etwa in dem Film „Matrix"), der eine perfekte virtuelle Welt erzeugen könnte, mit Bewohnern dieser virtuellen Welt, die sich selbst in dieser Welt vorfinden würden, Selbstbewusstsein hätten (der Supercomputer ermöglichte auch dies), würden diese Bewohner herausfinden können, dass sie künstlich geschaffene Wesen sind – Beobachtungsobjekte für höhere Wesen, in deren Rechner sie als Datenströme existierten?

Wie könnten wir selbst die Frage beantworten, ob wir virtuelle Bewohner einer perfekten Simulation eines zukünftigen Supercomputers wären oder nicht? Vielleicht zu Museumszwecken geschaffen, um das Leben in einer wilden, barbarischen Vergangenheit zu zeigen, in der es noch Verbrechen, Krieg, Hungersnot, Ungerechtigkeit, Krankheit, Leid, doch auch Solidarität, Liebe, Leidenschaft und Dramatik gab – als pädagogische Vorführung unvollkommener, finsterer Zeiten gedacht? Oder als Pflanzschule für Erdlinge, die in einer solchen künstlichen Umgebung zu Charakteren reifen können, bevor sie heimgeholt werden... Oder als Strafkolonie für uneinsichtige Soziopathologen, die in dieser Hölle die Chance zur Umkehr bekämen... Oder, oder...

Für mich gibt es jedoch noch einen weiteren Bezug vom Heute zu Faulhaber und Descartes. Zu deren Positionen, wie sie sich durch die Zeiten entwickelt, in den Zeiten entfaltet haben. Das ist der Gegensatz organische Weltsicht und mechanistische Welterklärung. Oder: esoterisches Schwärmertum und naturwissenschaftliches Verstehen, gegründet auf Mathematik. Oder: magisches Weltverständnis und physikalischer Determinismus. Oder: Weltinnenraumerfahrung und technische Eroberung des Weltalls.
Diese scheinbar unversöhnlich sich gegenüberstehende Positionen sind es jedoch nur, wenn man ihr Entweder-Oder betont, nicht, wenn man sie als sich ergänzende Haltungen gegenüber der Wirklichkeit und dem Umgang mit der Welt ansieht. Als notwendige Ergänzung, denn jede für sich genommen führt in eine Einseitigkeit, welche bedeutende Teile der Gesamtrealität ausklammert und negiert.
Es ist signifikant, dass sich ab dem Zeitalter Descartes eine neue Weltsicht entwickelt hat, die zur heutigen Naturwissenschaft führte und auch

noch unsere moderne Welt bestimmt, einschließlich der technischen und zivilisatorischen Errun-
genschaften, die dadurch möglich wurden. Wer
wird verneinen wollen, dass diese der pragmati-
sche Beweis für die Stimmigkeit der damals
neuen, wissenschaftlichen Welterklärung sind?
Deren Erfolgsgeschichte spricht für sich. Auch
wenn dadurch einiges beiseitegelegt und ausgeschlossen wurde, was vorher die Menschen beschäftigte: So wurde beispielsweise die Frage nach
Gott, der Seele, dem Schicksal des Einzelnen und
dem Sinn der Erdentwicklung ausgeklammert und
der Religion und der Metaphysik überlassen, um
sich, unbedrängt von Religionswächtern jedweder
Art, der Erforschung der sichtbaren Welt zuwenden zu können.

Das war die Konsequenz, die Descartes und andere aus dem Fall Galileo Galilei zogen, dessen
Verurteilung sie bestürzte und vorsichtig machte.
Naturphilosophie, wie sie noch Giordano Bruno
vertrat, in der Physik und Metaphysik ungeschie-
den auftraten, als Wesenskunde von den Dingen
der Welt, transformierte zur Naturwissenschaft, in
der das Wesen einer Sache zu den nicht lösbaren
Rätseln wurde, die man deswegen auch nicht an-
zugehen hatte. Das „Ding an sich" bleibt jenseits
unserer Verstehensmöglichkeit, unseres Vorstel-
lungsvermögens.

Jenseits davon bleibt dann allerdings auch die Möglichkeit, das eigene Wesen in Zusammenschau mit den Realitäten der erfahrbaren Welt aufzufinden, es bleibt immer davon und in sich geschieden: einerseits in ein Objekt unter Objekten, zu untersuchen wie alle übrigen Gegenstände, in der Außenperspektive der dritten Person, andrerseits in die Eigenerfahrung, der Innenperspektive des Ichstandpunkts, in der man sich selbst findet und die man deswegen nicht unberücksichtigt lassen kann, ohne sich selbst zu verleugnen und für nicht existent zu erklären. Die man aber nicht mit dem Objekt, das der naturwissenschaftlichen Untersuchung zur Verfügung steht, zur Deckung bringen kann.

Ist mein Bewusstsein wirklich nur die Summe der Vorgänge im Gehirn, identisch mit dem, was sich an chemischen, elektrischen, biologischen Abläufen abspielt, auf molekularer, atomarer oder subatomarer Ebene? Mein Wesen das Ergebnis einer speziellen Genmischung und prägender Umwelteinflüsse? Bin ich in diesem Sinne lückenlos ausrechenbar, wenn nur der richtige Algorithmus gefunden wird, alle Talbestände umfassend herausgefunden werden? Wäre es also hypothetisch möglich, mich den (einer künftigen Wissenschaft) zur Verfügung stehenden Fakten nach zu simulieren, mich vollständig virtuell nachzubauen, und ich wäre als Ich doppelt vorhanden? Es wäre also eine Person entstanden, die sich genauso als existent erleben würde, wie ich es tue? Was der Beweis dafür wäre, dass an mir nichts Weiteres ist als das, was an Information aufgefunden und eingegeben wurde. Und der Beweis dafür, dass die Naturwissenschaft, der Möglichkeit nach, die Welt lückenlos beschreiben kann, ein sich selbst erfahrendes Bewusstsein, welches diese Beschreibung gibt, miteingeschlossen. Was jedoch durch den Metamathematiker Kurt Gödel und dessen Unvollständigkeitssatz widerlegt scheint (wenn formale Logik auf die Realität anwendbar ist).

Man kann sich nun fragen, ob Erkenntnis nicht ebenso auf einem anderen Weg zu erreichen wäre als auf dem sich selbst beschränkenden Erforschen der materiellen Welt, als welche die Naturwissenschaft sich von anderen Wissenszweigen abgesetzt hatte. Vielleicht auf einem Weg, der von vorneherein unsere Selbsterfahrung miteingeschlossen hätte? Unser Erleben als Lebewesen unter anderen Wesen? Anstatt diese zu Mechanismen zu erklären, wie es Descartes tat, die demzufolge anders behandelt werden dürfen als das singuläre Lebewesen, welches wir selbst sind, begabt mit Selbstbewusstsein, aus seiner Sicht: mit einer Seele?

Ist es müßig, sich eine alternative Entwicklung vorzustellen, welche sich auf der Basis einer Weltzuwendung abgespielt hätte, in welcher der Forschende sich nicht selbst aus dem Blick verliert, sondern sich in einen Sinn- und Systemzusammenhang eingebunden weiß und gleichzeitig weiß, dass er es ist, der in der Zusammenschau steht? Über sich selbst und über den Dingen steht? In der er das Licht in ihm selbst, wie Paracelsus es ausdrückte, mit dem Licht in den Anderdingen und -wesen verbunden weiß, was ihm wiederum hilft, sein eigenes inneres Licht zu stärken und zu pflegen?

Diese alternative Naturwissenschaft ist ansatzweise immer wieder angestrebt worden, so in Goethes Farbenlehre oder der romantischen Naturlehre, doch hätten diese Ansätze auch zu der Technik geführt, die uns heute verfügbar ist? Es ist schwer vorstellbar, dass mit der Farbentstehungslehre nach Goethe und dessen Gedanken zur sinnlich-sittlichen Wirkung und Qualität der Farben beispielsweise das Farbfernsehen hätte erfunden werden können, dazu brauchte man die Vorstellung des Lichtes als Energiefrequenz, unterschiedliche Farben als unterschiedliche Wellenlängen definiert, und die Entwicklung der Elektronik, kurz: die moderne Physik.

Jedoch ist es auf diesem Weg zur modernen Wissenschaft und Technik unmöglich geworden, Erkenntnis und Ethik, Wissen und Werte in Eins zu bringen, sie fallen auseinander, müssen mühsam durch z.B. Ethikkommissionen wieder zusammengebunden werden, da all dieses Wissen und diese Technik wertneutral scheinen, scheinbar nichts mit unserem Innenleben zu tun haben, in dem es gerade um die Auseinandersetzung mit Werten und Bewertungen geht. Auch um das Erleben dessen, was wir als schön empfinden.

Wahr, Gut, Schön: diese Dreieinigkeit war noch selbstverständlich in der hermetischen Naturphilosophie der Renaissance miteingeschlossen, mit dem Auftreten der Naturwissenschaften in Anschluss an Descartes wurden sie in den Bereich der spekulierenden Metaphysiker und Philosophen verbannt und dieser Bereich selbst nach und nach marginalisiert, für die Erkenntnis der realen Welt als nicht notwendig angesehen.

Wäre Faulhaber (oder das, wofür er in dieser Erzählung steht), demgegenüber ein möglicher anderer Entwicklungsweg gewesen, doch untergegangen, ins Fiktionale verweht – durch die Tragödie, die sich damals in Mitteleuropa abspielte, aus dem Buch der Geschichte gestrichen?

X

Der Skandal schlug hohe Wellen in der Stadt. Faulhaber war zwar nicht der Letzte, der davon hörte, doch sollte er eigentlich der Erste gewesen sein, dem etwas auffiel. Denn es war unter seinen Augen geschehen. Unter seinen fest verschlossenen Augen, wie manche vermuteten, zu schweigen von noch bösartigeren Unterstellungen. Es ging um seinen Busenfreund Noah, den er immer großzügig unterstützt hatte, bis der Rat ihm dies verbot (doch was hinter dessen Rücken geschah, kam nicht ins Protokoll…), von dem man also annahm, dass er noch immer eng mit ihm verbunden war. Was jedoch nicht zutraf.

Faulhaber hatte sich in den letzten Jahren von Noah zurückgezogen, dessen Unbeherrschtheit und verletzende Art – besonders, wenn er getrunken hatte – ihm unangenehm wurde. Doch suchte er in ihm noch immer denjenigen, den er achten gelernt hatte – wenn auch zu oft vergeblich. So entging ihm, was Noah umtrieb, es fand kein wirkliches Gespräch mehr zwischen beiden statt. Und es entging ihm auch, was Noah in seiner, Faulhabers, Schule trieb, und das konnten viele nicht verstehen; auch die Ratsmitglieder, die ihn verhörten, zeigten sich ungläubig.

Noah hatte angefangen, die Schülerinnen zu belästigen. Und, wie er später angab, auch verführt. Viele verführt, alle verführt, die Meinungen schwankten stark, man traute ihm jedoch, je stärker das Skandalgerücht sich verbreitete, schließlich jede Schandtat zu, die es in dieser Hinsicht zu unterstellen gab. Die Einzelheiten hatte die Verfolgungsbehörde herauszufinden, was sie auf ihre Weise tat: mit der Androhung der Folter.

Das Vorzeigen der Folterwerkzeuge, die detaillierte Erläuterung ihrer Funktionen und was sie am menschlichen Körper anrichteten und eine kleine Kostprobe davon genügten in den meisten Fällen, um die Angeklagten zum Reden zu bringen, wie ein Wasserfall sprudelte oft der Bericht ihrer erbärmlichen Taten aus ihnen heraus. So auch bei Noah. 147 Frauen habe er verführt, jeder Art und jedes Alters: junge, alte, ledige, verheiratete, Jungfrauen, Witwen, Dirnen und Ehrbare – auch an die kleinen Buben in der Schule Faulhabers habe er sich herangemacht, und ebenso an die kleine Katharina, Schülerin bei Faulhaber.

Das war es, was den Skandal ausgelöst hatte: eines Tages war Katharina, vor kurzem sieben Jahre alt geworden, weinend nach Hause gekommen und hatte erzählt, Noah habe sie im dunklen Flur vor dem Schulzimmer angefasst, geküsst und überall betastet, er sei betrunken gewesen und hätte widerwärtig gerochen. Da sei sie davongelaufen.

Sofort wurde die Wache alarmiert, die nach Noah suchten, den sie volltrunken in seiner Stube fanden, offensichtlich nicht mehr wissend, was er getan hatte, er konnte nicht einmal mehr verständlich reden. Sie nahmen ihn mit. Eine Untersuchung wurde angeordnet. Jede Einzelheit eines jeden schändlichen Aktes wurde auf diese Weise herausgefunden, die lange Liste seiner moralischen Verfehlungen detailliert erstellt. Zeugen wurden vernommen. Jede Frau, jedes Mädchen, welches er namentlich genannt hatte, musste vor dem Vernehmungsbeamten erscheinen, größere und kleinere Tragödien folgten daraus, wenn sie zu den ihrigen, mit diesem Makel belastet, zurückkehrten.

Faulhaber wurde ebenso zum Verhör geladen. Doch konnte er wenig zur Aufklärung beitragen, ob der Ratsadvokat ihm glaubte oder nicht, ihm war entgangen, was an seiner Schule geschehen sein sollte. Das bestätigte nur die ohnehin umlaufende Vermutung bei den Ratsherren, dass es Faulhaber nicht mehr so recht ernst mit seinem Schule halten war, dass er den Betrieb seiner Frau und seinem Gehilfen Onophrius Miller überlies und sich lieber mit der Ausarbeitung seiner Mathematikbücher und seiner Erfindungen

beschäftigte, mit seinen geheimnisvollen rosen-
kreuzerischen Umtrieben, seinen alchemistischen
Experimenten und dem Aufbau seiner Kunstkammer, deren Besuch bei auswärtigen Besuchern inzwischen zum guten Ton gehörte. Er wurde mit
einer Ermahnung nach Hause entlassen, wobei er
nicht so recht wusste, ob sich diese auf sein Ver-
säumnis, Noah betreffend bezog, oder auf seine
Nachlässigkeit im Unterrichten.

Katharina tat ihm unendlich leid. Sie war ein hübsches Mädchen, zart, zurückhaltend, gleichzeitig
neugierig offen und scheu, sie würde eine schöne
Frau werden, begehrenswert, doch eine noch
schönere Seele, das konnte man ihr ansehen. Ein
seltener Mensch. Und Noah war dies ebenso aufgefallen. Wie konnte er nur auf diese Weise darauf
reagieren? Was war wirklich geschehen?

Es sickerte durch, dass Noah zugegeben hatte,
dass er nicht das erste Mal sich Katharina so ge-
nähert hätte, ja, dass er mit ihr intim geworden
sei, ob mit Gewalt von ihm erzwungen oder durch
Verführung. Das würde ihr Leben zerstören. Egal
ob schuldig oder unschuldig, die Schande, die damit verbunden war, würde an ihr hängen bleiben,
sie würde von der Gemeinschaft dafür verurteilt
werden, die nicht so leicht vergaß, wenn es um
Ehre, um Ehrbarkeit ging.

Noahs Prozess war bald abgehalten. Zu offensichtlich war das Ergebnis der Befragung, zu viele Anklagepunkte hatte er eingestanden. Er wurde verurteilt. Tod durch das Schwert.

Doch in der Urteilsverkündigung wurden merkwürdigerweise seine unmoralischen Vergehen und das, was er Katharina angetan haben sollte, kaum erwähnt, ihm wurde stattdessen vorgehalten, den Rat und die Gemeinde mit seinen Eskapaden gefoppt zu haben, seine fromme Gesinnung und seine seelische Not nur vorgetäuscht, in Wirklichkeit allen etwas vorgemacht zu haben, auch mit seinen angeblichen apokalyptischen Visionen und erfundenen Prophezeiungen. Sie hatten nicht vergessen, dass sie um sein Seelenheil gebetet hatten und fühlten sich dadurch an der Nase herumgeführt. Sein liederlicher Lebenswandel, sein sich maßloses Betrinken, seine aufsässigen Reden und seine destruktiven Andeutungen über das Ende der Welt und auch aller Herrschaft machten das Maß voll.

Faulhaber stand inmitten der Menge, die sich unter der Kanzel am Rathaus versammelt hatte, von der das Urteil verkündet wurde. Ihm war elend zumute. Musste dieses Leben so enden? Jetzt sah er in ihm wieder seinen Freund.

In der Stunde seiner Hinrichtung erschien Noah ihm wie erlöst von der Zerrüttung, dem Verfall, der ihn in den letzten Jahren gezeichnet hatte. Sein unaufhaltsamer Niedergang schien wieder aufgehoben. Ein Grauschleier, der sich, ähnlich wie bei dem Gemälde eines Malers, auch auf sein Bild gelegt hatte, war verschwunden, seine Züge wirkten aufgefrischt.

Bei der Urgicht, als er der zusammenlaufenden Menschenmenge vorgeführt worden war, um seine Schändlichkeit öffentlich zu machen und die Gerechtigkeit der Stadtregierung herauszustellen, war er verwirrt gewesen, wie abwesend, zusammengefallen und erloschen. Nun sah man, dass er mit seinen 55 Jahren noch immer ein stattlicher Mann war, mit einnehmendem, beinahe jugendlich wirkendem Wesen, in seinen Bewegungen wieder der alte Elan, der ihn einst beflügelte. Dasselbe Feuer zeigte sich auch jetzt in seinem Gesicht, welches ihn so oft beim Reden über seine Gedanken und Visionen oder aber auch beim Anblick einer schönen Frau durchlodert hatte.

Hoch erhobenen Hauptes, wie unbekümmert, fast leichtfertig, ging er zwischen den neben ihm unbedeutend wirkenden Gerichtsdiener, sie überragend, und sang dabei das Lied „Wie schön leuchtet der Morgenstern", ohne dass diese wagten, seinen Auftritt zu unterbinden. So zogen sie, indem er mit kräftiger Stimme noch weitere Lieder sang, durch das Gögglinger Tor hinaus auf den Galgenberg, zur Richtstätte, begleitet von einer Meute erregter Mitbürger, die das Fest der Auslöschung eines entlarvten Schädlings aus ihrer Mitte schaudernd genießen wollten.

Faulhaber war unter ihnen. Er konnte nicht gutheißen, was Noah getan hatte, doch konnte er ihn in diesem Augenblick auch verstehen: Noahs Glaube an die Heiligkeit des Lebens und des Kreatürlichen, seine Sehnsucht nach dem Vollkommenen, dem Paradieszustand, dessen engste Annäherung vielleicht in der Schönheit gefunden werden konnte, hatten ihn dazu gebracht einem Drängen nachzugeben, welchem nicht nur durch die Sitten der Gesellschaft, sondern auch durch Verantwortung und Mitfühlen mit Recht Schranken gesetzt werden sollte. Das, was die Menschen empörte, das Unzuchtverbrechen an der kleinen Katharina, fand er ebenso abscheulich und traurig, doch das Übrige, worüber sie sich erregten, sein Umgang mit Frauen, konnte er nicht rein verurteilen: im Kern war es eine bloße Verirrung der Anbetung der Schönheit der Geschöpfe und des Geschaffenen, und Schönheit war etwas Göttliches, wie alles, was war.

Jahre später erinnerte sich Faulhaber an seinen Freund, als er in Augsburg im Atelier des Malers Rottenhammers (auch einer, der durch Alkohol ins Unglück geriet) ein Tafelbild sah, auf dem Venus und Amor dargestellt waren. Venus war eine junge Frau, die unbefangen ihren unbekleideten Körper ausstellte, drapiert auf einem Kissenlager, vor dem Hintergrund eines roten Vorhanges und einer rechts ins Weite führenden Landschaft. So unschuldig wie ihr Blick war auch die Darbietung ihres Leibes: Die Liebe war sinnlich und natürlich. Schönheit war göttlich. War Fernglanz des Paradieses.

Da verstand er Noah: Sein Verlangen nach Teilhabe am Ganzen führte über die sinnliche Schönheit, die Liebe, die Nähe, die Vereinigung. Und das war nichts Verabscheuungswürdiges. Sein Untergang war, dass er damit nicht auf eine Weise umgehen konnte, wie es für seine Mitmenschen tolerierbar gewesen wäre. Und dass er in seinem, in diesem Leben unstillbaren Verlangen verbittert und verstockte und verantwortungslos wurde, keine Achtung mehr vor denen hatte, denen er sich in seiner Sehnsucht und seinem triebgeführten Begehren näherte.

Faulhaber fand in sich dieselbe Sehnsucht nach dem Unerreichbaren, doch war sein Blick dabei nicht auf die Schönheit einer Frau gerichtet, er

216

fand in der Mathematik und in der Ahnung eines großen Zusammenhanges aller Dinge seinen Erfüllungsort dafür, wenn auch nur für kurze aufblitzende Momente; jedoch intensiv genug, um ihm zu zeigen, dass es Erfüllung gab.

Vor den Bildern Rottenhammers spürte er trotzdem ein leises Bedauern darüber, nicht auch die Schönheitssphäre der Venus berührt zu haben, wie sein Freund Noah, dem leicht zufiel, was er, Faulhaber, von auf diesem Gebiet eher schüchternem Wesen und spröder Art, sich nicht traute, täppisch und linkisch wie er sich dabei fühlte.

In seinen Publikationen konnte er ganz anders auftreten, da stellte er sich hin wie nur je einer der Großen der Schrift und Erkenntnis, da fühlte er sich sicher und gleichrangig, zumindest wollte er zeigen, dass er um nichts nachstand. Doch das Spiel der Liebe und Verführung, ob auf höfische Weise wie die Edelleute oder auf direkt zupackende Art wie irgendein Soldatenknecht, konnte er nicht so selbstsicher spielen wie Noah, den er deswegen immer insgeheim bewundert hatte, obwohl auch er ihm, gleich den anderen, zuredete, doch sein sündiges Verhalten aufzugeben.

Aber was war Sünde an dem, was einem die Natur eingab? Glaubte er doch nicht mehr an die Erbsünde, sondern daran, dass alles, womit ihn die Schöpfung und damit der Schöpfer ausgestattet

217

hatte, gut war – es kam nur darauf an, es in Ma-
ßen, vernünftig und menschlich auszuüben.

Derselbe Gott, der ihm seinen Verstand gegeben
hatte, konnte nichts dagegen haben, wenn er ihn
dazu verwandte, die Natur zu erforschen, vom un-
scheinbarsten Kraut bis hinauf zum Kosmos.

Dasselbe galt für die sinnliche Natur: weswegen
gab es das Vergnügen an sinnlichen Eindrücken
und Reizen, wenn diese nicht eine Brücke waren,
die ihn dorthin führen konnten, wohin er, seinem
Ursprung nach, hinwollte? Auf dem Weg zur Got-
tidentität – und das war wohl der Weg, zu dem der
Mensch bestimmt war – gab es nichts, was auszuschließen wäre, stattdessen sollte es umgestal-
tet werden, um es heimzuholen.

Freilich waren solche Gedanken geheim zu halten,
sie widersprachen vollkommen der orthodoxen
Auffassung von der Sündhaftigkeit des Menschen
und dem unüberbrückbaren Abstand zwischen
ihm und Gott (ob von Augustinus, Luther oder
Calvin vertreten), auch wenn solch Häresien immer wieder in den Schriften derjenigen Philosophen und Weisen aufzufinden waren, deren Leh-
ren er nachfolgte. Mit Noah hatte er oft darüber
und über ähnliche Themen gesprochen, und der
hatte ihm zugestimmt; doch war es Noah nicht
möglich gewesen, sich selbst zu begrenzen und
Mitte und Maß zu halten, und so verfiel er einer

tatsächlichen Sünde: der Anmaßung. Der Unbeherrschtheit. Verfiel dem Schrankenlosen. Wurde
haltlos.

Mit Noah war er einig gewesen, das Ziel des
menschlichen Strebens läge in der Näherung an
die Unendlichkeit Gottes, und niemand solle sich
und andere davon abhalten lassen, weil dies eigentlich unmöglich schien. Es war wie in der Mathematik: Niemand konnte bis Unendlich zählen,
trotzdem war es klar, dass die Zahlenreihe niemals enden würde – und doch: nur weil bisher
noch niemand eine Rechenweise gefunden hatte,
sich dem Unendlichen zu nähern oder damit um-
zugehen, sagte das nicht, dass es generell und in
aller Zukunft unmöglich wäre.

Es gab Wege, die Hinführung waren, Näherungen
– und um den unendlichen Gott zu erfassen,
musste man eben in diesem vollständig aufgehen.
Was unmöglich scheint. Doch vielleicht durch
Gnade möglich? Durch einen Gnadenakt von der
Unendlichkeit her? Dann aber wären alle Grenzen
übersprungen, alle Beschränkungen aufgehoben,
alle Normen und damit Sitten außer Kraft gesetzt.
Das Gesetz selbst, wie im Alten Testament ver-
fügt, wäre aufgehoben, gälte nicht mehr. Keines
der Gesetze. Was nicht bedeutete, dass damit
Mord und Totschlag herrschen würden, Betrug,
Verrat und Lüge: auch deren Zwangsherrschaft

wäre aufgehoben. Gott war das Gute (aber auch dessen Gegenteil, da er alles war, und das war das verwirrende daran) und wer in Gott war, war im Guten. War gut. Was auch immer er tat.

Was für Noah hieß: in Gott zu sein, mit Gott erfüllt zu sein (und das erlebte er, wenn er seine prophetischen Eingebungen hatte), setzte ihn jenseits allen Rechtfertigen Müssens. Jenseits von Gut und Böse. Was man normalerweise Gut und Böse nennt. Ganz vom Göttlichen durchdrungen zu sein, führte über alle Maßstäbe und Beurteilungskriterien hinaus, es war etwas nicht mehr Messbares, Einzuordnendes, von niemandem mehr zu Richtendes. Es war etwas Absolutes, sich selbst Genügendes.

Doch Noahs tatsächliche Verwirrung war, so dachte Faulhaber, sich selbst diesen Zustand zuzuschreiben, weil er ihn für denkbar hielt und er sich in diesen Gedanken versenkt und sein Erleben damit hatte. Wenn Gott, nach der Lehre von Nikolaus von Kues und Giordano Bruno, einer unendlichen Sphäre vergleichbar war, deren Mittelpunkt im Endlichen nicht bestimmbar ist, sondern überall liegt, so war das eine mathematische Grenzerfahrung, welche er nachvollziehen konnte, eine Metapher, die durch die paradoxen Eigenschaften einer mathematischen und damit präzisen Konstruktion auf ebenso paradoxe

Eigenschaften der Grundlegung aller Existenz verwies. Aus der Tatsache aber, dass er diese Mathematik verstand und nachvollziehen konnte, durfte er doch nicht schließen, dass er selbst gleich einer unendlichen Sphäre wäre, gleich dem wäre, was er denken konnte.

Noah hatte sich in diesem Gedankengestrüpp verirrt – er war nicht der erste, der sich darin verfing, auch nicht der erste, der deswegen unterging. Wäre er jemand gewesen, der seine Gedanken aufschrieb und öffentlich machte, er hätte wegen diesen verurteilt und hingerichtet werden können, wie vor dreihundert Jahren eine Marguerite Porete, jene die Geistesfreiheit preisende Begine, oder, noch nicht allzu lange her, ein Giordano Bruno, welche beide als Ketzer im Feuer verbrannten. Doch war er kein allzu großer Denker oder tiefgründiger Philosoph, der sich über die offiziell verkündete Lehre erhob und deswegen gemaßregelt wurde. Er war jemand, der eine Rechtfertigung für seinen Lebenswandel gefunden hatte, und wurde wegen diesem Lebenswandel angeklagt und hingerichtet, nicht wegen seiner Häresie. Und doch hatte sie sein Leben bestimmt und ausgemacht.

XI

„Wir sind aus solchem Stoff, wie Träume sind..." Diese Verse beschäftigten Faulhaber manchmal noch immer, die er von der englischen Schauspielgruppe Robert Brownes in jenem Sommer gehört hatte, als er in ungeduldiger Erwartung auf das baldige Eintreten der Prophezeiung vom dritten Zeitalter lebte und hoffnungsfroh und doch wieder mit Bangen die politische Entwicklung verfolgte. Weil die Zeilen des Dichters sein eigenes Empfinden und Fragen ausdrückten: Was war an all dem, was ihn umgab Realität? Wie konnte er zu dem gelangen, was wirklich war? Wie erwachen?

Dachte er an sein Leben zurück – wie schnell war es vergangen, fast wie im Flug – kam ihm alles mehr wie ein Traum vor als wie eindeutige, handfeste Realität. Manchmal wie ein Alptraum. Was ihm jetzt als Erinnerung auftauchte, war es so gewesen? In seinem Lebenstraum hatte er ebenso viel geträumt wie scheinbar real existiert und gehandelt, hatte Ahnungen, Voraussehungen, intuitive Einsichten gehabt, hatte sein Vorgehen wie träumerisch danach ausgerichtet und gleichzeitig (er konnte nicht anders) die Gegenstandswelt so genommen, als ob sie harte Wirklichkeit wäre, nichts, was man beiseiteschieben und unberücksichtigt lassen durfte, wollte man nicht durch den Gang der Ereignisse dafür bestraft werden. Wenn das Leben ein Traum war, dann ein sehr kurzer, und das Erwachen daraus sollte zu einem wirklicheren, einem ewigen Leben führen, darauf hoffte er.

Er hatte sich danach gesehnt, noch in diesem Leben zur Realität erwachen zu dürfen – zusammen mit allen anderen, im geistigen Reich des Elias – doch musste er sich nun, wie Noah vor ihm, damit bescheiden, erst im Tode in ein anderes Bewusstsein eintreten zu können. An diesem Glauben hielt er fest, auch angesichts des sich in naher Zukunft erfüllenden Unumstößlichen, Endgültigen, setzte mit aller Glaubensmacht darauf, dass es so geschehen würde.

Hatte er alle diese Gespräche, wie sie an ihm vorübergezogen waren, wirklich geführt? So geführt? Oder war das, was er als seine Erinnerung ansah, nur der umgeformte Nachklang nicht genau so stattgefundenen Begegnungen, die er jetzt ausstaffierte, um das Thema seines Lebens nochmals vor sich zu haben?

Der Drang zur Erkenntnis... Die Hoffnung auf Erkenntnis... Die Gespräche über die Grenzen des Wissbaren, über Selbstbescheidung, Sicherheit, Evidenz. War Mathematik der Königsweg? Sein

Kollege (und, auf distanzierte Art, auch älterer Freund) Kepler hielt die Geometrie dafür. Gott ist Geometer – und die Welt deshalb erkennbar, durch und durch, weil sie von uns in ihrer durch Gott erschaffenen Geometrie beschrieben werden kann.

Der von ihm bewunderte Hofastrologe und kaiserliche Mathematicus Kepler, neun Jahre älter als er, war eine Zeit lang in seinem Haus ein und aus gegangen, damals, als er sich in Ulm aufhielt, um den Druck der Rudolfinischen Tafeln durch den Buchdrucker Jonas Sauer in der Rabengasse zu überwachen, das herbeigesehnte Standardwerk exakter planetarischer Gestirnsstände, unentbehrlich für alle, die sich mit Sternenkunde befassten, Astrologen wie Astronomen. Und gemeinsam arbeiteten sie an der Aufgabe, die der Stadtrat von Ulm an Kepler und ihn gestellt hatte: Ein praktikables Gewichts-, Volumen- und Maßsystem zu entwickeln, zur Eichung der von den Marktbeschickern und Kaufleuten benutzten Messgefäße, Zollstäbe und Waagen.
Denn er, Faulhaber, hatte beim Nachmessen von zwei vorhandenen städtischen Eichgefäßen festgestellt, dass diese voneinander differierten, also keineswegs amtliche Eichgenauigkeit verbürgten, und dies in einem Gutachten dem Rat dargelegt.

Deswegen berechneten Kepler und er das Volumen und das Füllgewicht eines neuen bronzenen Kessels, der alle Informationen enthielt, die für das Gewerbewesen der Stadt notwendig waren: als Grundgewicht den Zentner, als Weinmaß den Eimer, als Längenmaße die Elle und den Schuh, als Getreidemaß das Ime.

Zwar hatte er von anderer Seite erfahren, dass Kepler damals im Kometenstreit eine Schrift gegen ihn verfasst hatte (wahrscheinlich auf Drängen seiner Widersacher hin), doch nicht mit der Autorität seiner Autorenschaft, sondern anonym, wie alle in dieser Sache, so dass er ihm keine persönliche Animosität unterstellte und er unbelastet davon Umgang mit ihm haben konnte. Und dieser Umgang bedeutete ihm viel.

Sie tauschten sich über den damals neuen Gedanken der stetigen Logarithmen aus, den der Schotte Napier den Mathematikern und Ingenieuren als Hilfsmittel für ihre Arbeit geschenkt hatte, und dessen Logarithmentafeln, die Kepler weiterentwickelte, für die Berechnung der Planetenbahnen unentbehrlich wurden. Auch er hatte angefangen, sich mit Logarithmen zu beschäftigen, er favorisierte allerdings die Ausarbeitung des Oxforder Mathematikers Briggs auf der Basis 10, welche er später als erster für den deutschen Sprachraum publizierte.

Die kosmologischen Vorstellungen Keplers beeindruckten ihn, obwohl er sich nicht über deren Wahrheitsgehalt sicher war: Ist dadurch wirklich erwiesen, dass nicht die Erde, sondern die Sonne im Mittelpunkt des Universums steht? Tycho Brahes Weltmodell, mit der Erde im Mittelpunkt, einer um die Erde kreisenden Sonne, und 6 Planeten im Umlauf wiederum um diese, konnte ebenso Plausibilität für sich beanspruchen, indem es Alltagserfahrung und astronomische Beobachtung gleichermaßen berücksichtigte. Keplers oder Kopernikus Gedanke hatte demgegenüber bloß den Vorzug, einfacher, schöner, befriedigender zu sein, die logische Klarheit eines Schöpfers bezeugend. Und den, die Quelle allen wärmespendenden Lichtes als himmlisches Zentralfeuer in die Mitte zu rücken. Doch sollte man davon ausgehen, dass man die Intention Gottes derart nachvollziehen konnte?

In Bezug auf die Endlichkeit oder Unendlichkeit des Alls folgte er jedoch vorbehaltlos Keplers Argument für dessen endliche Abgeschlossenheit: Wenn das Weltall unendlich wäre, müsste der gesamte Himmel uns wie ein gleichförmiges grelles Lichtermeer erscheinen, da keine einzige Stelle nicht durch einen Stern besetzt wäre, dessen Strahlung uns erreichte - es gibt jedoch, wie jeder weiß, Abgründe und Lücken zwischen den

Sternen, sogar mehr unbesternte Himmelsgegen-
den als besternte, was auf eine endliche Abzähl-
barkeit hinwies, und Giordano Brunos poetische
Vision eines sich ins unendliche erstreckenden,
uferlosen Sternen- und Sonnenmeeres war daher
mehr Gedicht als Wissenschaft.

Was die Entfernung der nun einzigen (vormals
achten), abschließenden Fixsternsphäre vom Wel-
tenmittelpunkt betraf (ob nun von Sonne oder
Erde eingenommen), gingen ihre Ansichten in ihren Gesprächen darüber wieder auseinander:
Keplers Annahme von 60.000.000 Erdradien
schien ihm viel zu groß, dachte er daran, wie nahe
manchmal in hellklaren Winternächten die Sterne
einem erschienen, zum Greifen nahe. Andrerseits,
und das hatte er selbst schon mit einem Blick
durch ein Telescopio bestätigt gefunden, tauchten
bei künstlich geschärftem Sehvermögen auch
neue, bisher nicht beobachtete Lichtpunkte am
Sternenhimmel auf, so wurden die Plejaden, das
Siebengestirn, von weiteren Schwestern begleitet
(Galilei hatte um die 40 gezählt), der Himmel
schien tiefer und weiter als dem bloßen Auge
sichtbar.

Doch wie auch immer der Kosmos im Detail aus-
sah – in seiner letzten Ausarbeitung schien Kepler
sogar die Vollkommenheit der kreisförmigen Planetenbahnen aufgegeben zu haben, wenn er ihn

richtig verstand – das Wunderwerk der All-Welt konnte durch Mathematik erfasst, mit geometrischen Konstruktionen nachvollzogen und in Proportionsverhältnisse übersetzt werden. Die Welt konnte vom menschlichen Geist erforscht, deren göttliche Geometrie aufgefunden werden. Was am Himmel und auf der Erde war, konnte durch Forschung und Nachdenken gewusst werden.

Vielleicht sogar auf eine algebraische Formel gebracht werden? Dafür wäre er zuständig. Doch war er weit davon entfernt, sich so etwas zuzutrauen. Es gab keine Möglichkeit, die Vielfalt des Lebens berechnen zu können. Vielleicht irgendwann? Nein, gangbarer schien ihm der Weg, die Urbilder der Dinge selbst schauen zu können, im Nachtod oder im Reich des Elias, wenn der je käme. Wesen erkennt Wesen, dorthin, zu diesem Zustand müsste die Entwicklung gehen.

Jetzt konnte er sich nur damit zufriedengeben, in der Coss einen kleinen Schritt weiter gegangen zu sein als seine Vorgänger vor ihm. Er hatte immerhin 15 Schriften zur Mathematik veröffentlicht, darunter die "Miracula Arithmetica" und die „Academia Algebrae", welche er für seine besten Werke hielt, doch auch die vielen anderen Veröffentlichungen zu Einzelthemen und praktischen Anwendungen seiner Mathematik, wie die vier Bände seiner „Ingenieurs Schul" waren eine

Leistung, auf die er stolz sein konnte, wenn das überhaupt noch eine Rolle spielte.

Er hatte getan, was er tun konnte. Und er würde in der Mathematik Nachfolger finden, die kleine oder größere Verbesserungen erreichen würden, oder sogar Revolutionäres, von ihm nicht einmal Erahntes. Ja, einmal hatte er geglaubt, es wäre jemand bei ihm erschienen, der das Zeug zu einem solchen revolutionären Fortschreiten hätte: der junge Franzose; seine Engelserscheinung, seine Vision des Elias. Den Elias, den er herbeigesehnt hatte. Er war im Irrtum gewesen. Doch dieser wunderbar glückliche und heillose Moment des Irrtums lebte noch immer in ihm als riesengroßer Raum möglicher Erfüllung. So würde es sein… Wenn es denn wäre.

Jetzt aber trat das alles zurück. Seine wahre Lebensernte war nicht die Werke – seine Schriften, die er veröffentlicht, die Bastionen, die er geplant hatte. Was wirklich zählte, waren die Momente des Mitleidens mit aller Kreatur, die Augenblicke der Verbundenheit mit seinen Mitgenossen, Mitmenschen, der liebevollen Zuwendung zu denen, die seine Nächsten waren – vereint mit ihm, wie er hoffte, über den Tod hinaus. Was zählte, war der Kern seines Strebens nach Erkenntnis, nicht dessen Erfüllung: war seine Sehnsucht nach der

Einheit mit dem Göttlichen in der Welt und seine Offenheit dafür. War sein Glaube, den er in Treue zu sich selbst bewahrt hatte.

Abermals konzentrierte er sich auf seinen Erinnerungspalast, fasste ihn wieder, bevor er verblasste. Er befand sich im untersten Durchgangsgewölbe, tief im Mutterschoß der Erde, zwischen zwei Türen, einem Eingang und einem Ausgang, nun näher der Ausgangspforte, die er sich schon einen Spalt weit geöffnet vorstellte. Noch gab es einige Bilder, die zur Betrachtung übrig blieben, wenngleich er fühlte, dass seine Zeit verrann.

Faulhaber erinnerte sich. Es fiel ihm nun schwerer, seinen Atem ruhig und gleichmäßig zu halten, fröstelte ihn etwa? Doch er erinnerte sich, tauchte tief in das Wasser der Vergangenheit, tauchte in das Dämmerdunkel einer fast verblassten Zeit, der abgelegten Zeiten.

Das Kolloquium war gekommen, das Kolloquium war überstanden. Mit, wie er dankbar empfand, Hilfe von Woanders her. Er hatte die Worte gefunden, die überzeugten. Manche sagten, es wäre ein Patt gewesen, er erlebte es als Sieg. Die anderen hatten nicht triumphiert.

In der Schrift „Fama siderea nova", die Anlass des Streites gewesen war, wurde er als Prophet abgebildet, der um seiner Worte willen verfolgt wurde

– so war es ja auch geschehen. Das gab ihm die Würde der Propheten des Alten Bundes. Doch war sein Prophetentum von anderer Art, anders auch als dasjenige Noahs: Es war keine ihn überkommende Gabe oder Heimsuchung (je nach Sichtweise), sondern Ergebnis seiner Studien und der Beschäftigung mit den betreffenden Stellen in der Bibel, zu denen er seinen eigenen – mathematischen – Sinnzugang gefunden hatte. Kein Versetzt werden in einen höheren Zustand, kein Außer sich sein, obwohl das gleichfalls von seiner Bewusstseinsverfassung während des Studierens gesagt werden konnte, doch anders gemeint als bei Noah.

Bei der Vernehmung in der Münsterbauhütte wurde er gefragt, ob er glaube, seine Einsichten von Gott zu haben, direkt und unmittelbar eingegeben; doch, wenn überhaupt, hatte dies auf Noah zugetroffen: In dessen Seele waren Bilder aufgestiegen, ohne besonderes Zutun, sie waren über ihn gekommen, deswegen hatten sie ihn auch als wahr überzeugt, allein durch ihre Wucht und Präsenz. Faulhaber dagegen wusste, wie er zu seinen Eingebungen gekommen war. So gab er dem Inquisitor Hebenstreit die Frage zurück:

„Wenn ich den Acker pflüge, die Saat aussähe, die Ähren ernte, das Korn mahle und aus dem Mehl

Brot backe: Bin ich es dann, der die Nahrung geschaffen hat, oder Gott?"

Mitgebrachte Begabung, erlernte Fähigkeit, Begnadung: diese Komponenten mischten sich, nicht voneinander zu trennen, wie konnte ihm Hebenstreit daraus einen Strick drehen, es sei denn, er ließe keinerlei Intuition oder Inspiration gelten. Für Faulhaber kam seine Erkenntnis von Gott, schließlich betraf sie Göttliches – doch war seine eigene Mitarbeit erforderlich.

Und das brachte ihn im Folgenden dazu, sich nicht an die Vereinbarung halten zu können, die er auf der Münsterbauhütte eingegangen war. Der Streit solle auf sich beruhen, Faulhaber solle keine weiteren Konsequenzen befürchten müssen, doch solle er auch keine Weltgerichtsphantasien mehr verbreiten. Seine Rede über Gog und Magog solle ein Ende haben. Das war das Ergebnis der Anhörung.

Aber er konnte sich nicht daran halten. Immer wieder musste er darüber sprechen, auch, weil er dazu aufgefordert wurde, durch Menschen, die von ihm gehört hatten und Belehrung suchten. Wie hätte er sich dem entziehen können? Wenn in Heidenheim, in Göppingen oder Geislingen gebildete oder auch einfache Bürger an ihn herantraten, um über Zeichen und Vorhersagen Näheres wissen zu wollen? Doch führte das zu einer anderen schweren Stunde seines Lebens. Er erinnerte sich.

Erneut war ein bitterkalter Winter hereingebrochen. Wie so oft in den letzten Jahren, Jahrzenten. Die Donau fror zu, die Metzger trieben ihre Schlachttiere direkt von Schwaighofen über das Eis zum Einlassturm; der viele Schnee behinderte den Verkehr, auch mit Pferdeschlitten war ein schnelles Vorankommen nicht möglich, zu oft blieb das Gefährt in den Verwehungen stecken, mühten sich die Pferde vergeblich ab. Wer nicht musste, war nicht unterwegs. Doch er war unterwegs, er musste. Er war auf der Flucht.

Am Vorabend waren Büttel erschienen, genau wie damals, als sie ihn in den Turm gebracht hatten, zwar andere als damals, doch mit einem ähnlichen Auftrag. Aber sie nahmen ihn nicht gleich mit, überbrachten ihm nur die Botschaft, dass er sich am nächsten Tag im Gefängnis einzustellen habe, wenn nicht, würden sie wiederkommen und dafür sorgen, dass er seinen Weg dorthin finde.

Den Oberen war der Geduldsfaden gerissen. Und sie waren sich ihrer Macht über die Bürger so sicher – denn sie repräsentierten diese ja – dass sie mit keinem Ungehorsam rechneten. Keinem Aufbegehren. Schließlich war jedes Mitglied der

Bürgergemeinschaft von dieser abhängig und vermied es, gegen deren Gesetze und Anordnungen zu verstoßen, um nicht den Schutz und die Privilegien zu verlieren, die das Bürgerrecht einer freien Reichsstadt ausmachten.

Ihm war es jedoch nicht möglich, sich selbst in den Turm einzuliefern. Zu gut erinnerte er sich an seinen Aufenthalt dort, obwohl inzwischen fünfzehn Jahre vergangen waren. Damals hatte er sich geschworen, nie wieder eine solche Situation erleben zu müssen und nun wollte er ihr um jeden Preis entgehen. Und wenn es der Preis seiner bürgerlichen Existenz in dieser, seiner, Stadt gewesen wäre. Und wenn er auch seine Familie der Gnade oder Ungnade der Stadtregierung überlassen musste, nicht wissend, ob seine Frau den Schulbetrieb weiterführen durfte oder nicht, was aus ihnen allen werden würde, wenn er sich durch Flucht absetzte.

Nicht nur die Kälte war bitter, sein Gemüt war es auch. Grambitter, wenn das der richtige Ausdruck dafür war. So stolperte er wie blindlings durch das inzwischen aufgekommene Schneetreiben, froh, den Weg überhaupt noch sehen zu können, fürchtend, dass er ihn irgendwann in der in Bälde einbrechenden Dämmerung verlieren könnte. Und was dann? Daran wollte er nicht denken.

Er hatte nur das Nötigste eingepackt, an Geld allerdings so viel, wie er mitnehmen konnte, ohne dass sie zu Hause in Schwierigkeiten gerieten; sein Pferd freilich hatte er zurückgelassen, wäre er zum Tor geritten, hätten die Wachen bestimmt Verdacht geschöpft, schließlich sollten sie über seinen Fall informiert sein. Der Weg nach Augsburg war weit. Dorthin wollte er, dort konnte er auf Willkommen und Gastfreundschaft hoffen. Auf ein Asyl – denn Ulm und Augsburg waren noch immer Rivalen, wetteiferten immer noch auf demselben Wirtschaftsgebiet, wenn auch beiden der allgemeine Niedergang gleicherweise zusetzte, sie im selben Boot saßen. Umso mehr das Bestreben, ihre gegenseitige Unabhängigkeit zu betonen.

Astrologisch betrachtet war Ulm dem Tierkreiszeichen Fische zugeordnet, Augsburg hatte den Steinbock als Sternzeichen, beide verband von daher nicht viel, man spürte den Unterschied deutlich. Und Augsburg hielt sich für weit bedeutender als Ulm, würde nie einem Auslieferungsbegehren nachgeben, wenn es ihn einmal in seinen Mauern aufgenommen hatte. Dass die Stadt ihn aufnehmen würde, daran zweifelte er keine Sekunde; sein Freund und Unterstützer im Kometenstreit, Verbecius, war von Ulm nach Augsburg gezogen und dort nun Stadtarzt, außerdem hatte er gute Geschäftsverbindungen in die Stadt, hatte beim dortigen Buchdrucker Francken Schriften drucken lassen und auch sonst durch seine Veröffentlichungen Reputation erworben, galt in Augsburg vielleicht sogar mehr als in Ulm, man kennt ja das Sprichwort vom Propheten und seiner Heimat…

Er hoffte auf einen guten Ausgang seines unfreiwilligen Abenteuers, hoffte darauf, unterwegs auf einen Handelszug zu treffen, der ihn mitnehmen würde, bezahlen konnte er ja dafür, um auf diese Weise schneller und sicherer die Stadt zu erreichen. Jetzt war ihm, als ob nicht nur der Schnee sein Gesicht nässen würde, es mochten auch Tränen sein, die er nicht mehr zurückhalten konnte. Morgen war Heilig Abend, das Fest, welches er immer mit seiner Familie zusammen verbracht hatte, doch diesmal würde er den Tag vielleicht auf freiem Feld, in der Schnee- und Eiswüste zwischen Donau und Lech zubringen.

Schnee und Kälte und sein mechanisches Immer weiter gehen – inzwischen strauchelte er manchmal – das war der prägende Eindruck, der ihm von dieser Reise blieb, das Weitere nur noch verschwommene Erinnerungsbruchstücke…

Und plötzlich, ohne Übergang, befand er sich auf einer anderen Reise, im Hochgefühl froher

Erwartungen. Er ritt auf seinem Pferd inmitten eines großen Trosses von Ochsengespannen und vielen Menschen, unterwegs zum Hochrhein. Auf den Wagen war sein Umzugsgut – der Hausrat, den er brauchte, wenn er, für Jahre vielleicht, sich in Basel niederlassen würde – waren Materialien und Werkzeuge, die benötigt wurden, die Arbeiten am Schanzwerk der Befestigungsanlage Basels durchzuführen, deren Planung und Ausführung sein Auftrag war. Ein erster Höhepunkt seines neuen Berufes als Ingenieur und Festungsbaumeister. Kein kleiner Schulmeister mehr!

Er war mit hunderten in Ulm angeworbenen Facharbeitern unterwegs, zusammen mit seinem ältesten Sohn Johann Matthäus, der ihm zur Hand gehen sollte. Der Krieg hatte sein Leben verändert. Festungsbauingenieure waren gefragt. Die Stadt Basel hatte sich an Ulm gewandt, ob sie ihrem Bürger Faulhaber nicht erlauben würde, nach Basel zu kommen und das dortige Festungswerk zu modernisieren. Die Städte rüsteten auf, soweit sie es finanziell konnten. Und er hatte sich durch seine Schriften einen guten Namen gemacht. Deshalb die Berufung. Die Stadt Ulm, mit der er im Streit lag und in der er weiterhin eine Gefängnisstrafe anzutreten hatte (noch war seine Flucht ihm nicht vergeben worden), hatte nichts dagegen, solle er doch woanders Ärger machen.

Der Morgen war noch frisch, ein klarer Herbsttag im Oktober, und nur die in dieser Zeit immer vorhandene untergründige Besorgnis über eventuell auftauchende Marodeure oder feindliche Kriegshaufen beeinträchtigte seine Hochstimmung ein wenig. Was für eine Wende in seinem Schicksal! Und dazu musste er durch die Umstände erst gezwungen werden – in sein Glück gejagt, wie er es in einem Brief an seinen Freund Sebastian Kurz ausgedrückt hatte.

Eine zweite Flucht aus Ulm, wieder um dem Eingesperrt werden zu entgehen, hatte ihn nach Tübingen geführt. Seitdem er dort jedoch in Gesprächen mit den Philologen und Theologen der Universität erfahren hatte, dass seine Interpretation der Zahl 666 auf einer fehlerhaften Übersetzung des aramäischen Ursprungstextes ins Griechische beruhte, war seine Überzeugung von der Richtigkeit seiner Berechnungen geschwunden. Nun hatte er auch keine Einwände mehr, das Glaubensbekenntnis zu unterschreiben, wie von den Religionsherren und Superintendent Dieterich eingefordert und bisher von ihm verweigert, er konnte somit Frieden mit seiner Stadt machen, konnte zurückkehren, wann immer er wollte (nur die Gefängnisstrafe war bisher noch nicht ausgeräumt, doch das sollte sich arrangieren lassen, vielleicht mit der Zahlung einer Geldbuße…?).

Jetzt jedoch lockte ihn der Auftrag. In Basel war er angesehen. In Basel war er erwünscht. Und in Basel bekam er ein großzügiges Gehalt, seiner neuen Stellung angemessen, der Verantwortung, die damit verbunden war. Der Ingenieur entschied durch sein Ingenium über Leben oder Tod, Vernichtung oder Widerstehen einer ganzen Stadt – seine Klugheit, sein Einfallsreichtum, seine Berechnungen machten den Unterschied aus. Deswegen wurde er auch von allen respektiert, verkehrte er mit Fürsten und Feldherren, die sein Urteil schätzten. Er selbst war jetzt ein Herr, musste diese Rolle ausfüllen, was ihm auch gelingen sollte.

Er drückte leicht gegen die Flanke seines Pferdes, das durch Anziehen des Schritttempos reagierte, um sich an die Spitze des Zuges zu setzen. Vor ihm öffnete sich die Sicht auf eine sanfte Hügellandschaft und in weiter Ferne auf die Alpenkette, die das Ufer des Bodensees säumte, der steil aufragende, imposante Klotz des Hohentwiels lag zur Rechten, gekrönt von der uneinnehmbar scheinenden Festung. Goldgelb, Goldbraun, Flammrot, die vielerlei Farbschattierungen des herbstlichen Waldes leuchteten in der den Frühdunst auflösenden Sonne. Ein Jauchzen war in ihm.

Wieder sprang seine Erinnerung, von der Freude zu einer noch größeren Freude: Moritz von Oranien-Nassau stand vor ihm, blickte ihn freundlich an, er näherte sich ihm ehrerbietig, und der Statthalter der Vereinigten Niederlande überreichte ihm zeremoniell ein goldenes Brustmedaillon mit dem Bild des Prinzen darauf, übergab es ihm zusammen mit der Bestätigung als Ingenieur, erworben durch Prüfung seiner Kenntnisse im Festungsbau und Ingenieurswesen. Welche Ehrung konnte dies noch übertreffen?

Die Jahre, die noch vor ihm lagen, würden erfüllt sein von der Inanspruchnahme als Fachmann auf diesem Gebiet, von Anfragen und Aufträgen von Überallher, vor allem aber auch von der Sorge um die Befestigung seiner Heimatstadt Ulm, die er auf den neuesten Stand der Technik zu bringen hatte, um in dem sich ausweitenden, ins endlose sich hinziehenden Kriegsgeschehen bestehen zu können. Und Ulm hatte Stand gehalten, im Gegensatz zu den meisten umliegenden Orten im Schwäbischen Kreis, von denen manche im Wechsel des Kriegsglücks der feindlichen Parteien mehr als einmal eingenommen, geplündert und besetzt worden waren.

Faulhaber wurde müde. Die Bilder, die er heraufbeschworen hatte, bedrängten ihn nun. Immer rascher, immer zerfahrener tauchten sie auf. Sein Gedächtnis zerfaserte, mit ihm das vorgestellte Bauwerk, welches die Bilder enthalten hatte. Er sollte nach oben gehen, solange er noch konnte. Das Schwere, Unausweichliche, das ihm bevorstand, begann.

XII

Vor mir liegen zwei Portraitdrucke Faulhabers: Der eine zeigt den Schulmeister Faulhaber in seinem 35sten Jahr, der andere den arrivierten Ingenieur und Mathematiker, 50 Jahre alt, so wie er sich selbst seinem Publikum präsentieren will. Wenn ich die beiden Abbildungen vergleiche, komme ich darüber ins Grübeln. Was macht wohl den Unterschied zwischen beiden aus? Abgesehen von dem vermutlich ungleichen Vermögen der Kupferstecher, den Porträtierten wirklichkeitsgetreu zu treffen, und dem Abstand der Jahre, zeigt sich für mich eine tiefgehende Differenz zwischen den beiden Portraits. Ist es derselbe Mann, der dargestellt ist? Und wenn ja (was ich nicht bezweifle), was bewirkt den Eindruck der fragwürdigen Identität?

Auf dem ersten Bild schaut mich ein offener, etwas verwirrt oder verletzlich wirkender Mensch an, seine Augen sind groß, weit geöffnet, ich weiß nicht, ob sein Blick skeptisch oder träumerisch ist, prüfend oder scheu. Hinter seiner ein wenig nachlässigen Barttracht verbirgt sich vielleicht ein weiches, fast noch kindlich-naiv wirkendes Gesicht; durch dessen rundliche Kontur und den hohen Ansatz seiner Haare wird diese Vermutung bestärkt. Er erinnert mich an einen Bekannten von mir, dessen Bereitschaft zum idealistischen Engagement mich immer beeindruckt hat, obwohl er selbst für sich entschieden eine realistische Sicht auf die Dinge beansprucht. Doch möglicherweise unterstelle ich eine Ähnlichkeit zwischen beiden, die nicht wirklich besteht, und ich interpretiere deswegen das Bild Faulhabers so, als ob ich von meinem Bekannten sprechen würde.

Beim zweiten Bild dagegen würde ich nie auf diesen Gedanken kommen. Ein massiv wirkender Mann sitzt vor mir, kantig, in seine eigene Bedeutsamkeit erstarrt, die Gestalt etwas eingesunken; Schlupflider um die Augen und sein abwesend wirkender Blick (das Schielen geht wahrscheinlich auf den Bildstecher zurück, soll aber wohl sein innerliches Inspiriert sein ausdrücken) lassen ihn mürrisch erscheinen, wenigstens nicht sehr zugänglich. Sein Bart (konturierter und stärker als im ersten Bild) verbirgt diesmal wohl eher einen missmutigen oder sogar grimmigen Zug um den

Mund als ein offenes Staunen, ein nachsichtiges Lächeln.

Es sind 15 Jahre seit dem ersten Portrait vergangen und einiges ist in seinem Leben geschehen. Sein Freund Noah wurde hingerichtet, er selbst musste einige Zeit später aus der Stadt fliehen, brachte es andrerseits anschließend zum geachteten Festungsexperten und Ingenieur und machte seinen Frieden mit den Stadtobersten und den Predigern. Aber auch die Welt hat sich verändert, und offensichtlich nicht zum Guten.

Der große Krieg, von ihm als Voraussetzung für die endgültige Umwälzung akzeptiert, führte nicht im Mindesten zu diesem Ereignis, schleppt sich nun seit mehr als 10 Jahren hin und wird so bald auch nicht enden. Er partizipiert an diesem Krieg, seine Expertisen zur Stadtverteidigung sind gefragt, doch verbindet er keine Endzeithoffnungen mehr damit, diese Illusion ist Ernüchterung gewichen. Und doch: wenn König Gustav Adolf Wasa von Schweden der prophezeite Löwe aus dem Norden wäre, der den Habsburgadler niederzwingt? Wenn sich alles zwar als schwieriger und langwieriger herausstellen würde als angenommen, doch nicht als Irrtum? Noch immer ist er für die Möglichkeit prophetischer Voraussagen offen, wenn auch vorsichtiger in Hinblick auf deren konkreten Auslegung: Ganz kann er den Traum seiner jungen Jahre nicht ablegen.

Der Winterkönig – so der Spottname für Friedrich von der Pfalz und Böhmen seit der Schlacht am Weißen Berg und seiner Flucht aus Prag – der für einen machtvoll aufgehenden Blütenfrühling und einen sonnenprächtigen Sommer hätte stehen sollen, war in dieser Schlacht gestürzt worden. Kein Reich der Wiederkunft des Geistes im Zeichen des Rosenkreuzes. Kein apokalyptisches Vollenden. Nur Politik, Großmachtinteressen, Ringen um geringen Geländegewinn im Streit der Parteien. Und Krieg seitdem, endloser Krieg. Eine ganze Generation wird mit diesem Krieg aufwachsen und keinen anderen Zustand kennen, bis in die Mitte ihres Lebens.

Die Welt Faulhabers geht dahin. Seine Interessen, sein Glaube, sein Für-wahr-halten verlieren ihren festen Grund, der in der Überzeugung von der Allbeseeltheit des Kosmos und einer Geneigtheit zur großen, pansophisch gesehenen Mutter Natur bestanden hatte, die nach Erlösung drängte und erlöst werden durfte: durch die Mühen der Alchemisten, die forschende Arbeit der Magier-Hermetiker, das mystische Ergriffensein der Theosophen. Die Lebensspuren dieser Menschen werden sich bald im großen Krieg verlieren, ausgewischt durch die Wirren der Ereignisse.

Angst, Not, noch größerer Aberglaube, und, auf der Gegenseite, ein sich mehr und mehr durchsetzender pragmatischer, rationeller, auf die Mechanik der Naturgegenstände zielender Geist werden ihre Ideale ersetzen. Ihr Gestus wird altmodisch werden, ihr Sprechen ein unverständliches Gerede für die Ohren der Nachfolgenden. Doch das wird Faulhaber nicht mehr erleben. Auch er wird im Geschehen untergehen. Sein junger Gast jedoch reicht in die Zukunft: Dessen radikaler Zweifel wird der neue Grund sein, aus dem sich Technik und Naturwissenschaften erheben werden. Wir sind heute Descartes. Mehr als wir Faulhaber sind. Und doch wieder mehr Faulhaber, als wir Descartes sein können oder wollen.

Faulhabers Komet und seine düstere Vorbedeutung als Warnzeichen für Krieg, Pestilenz, Hungersnot blieb noch lange im Gedächtnis der überlebenden Zeitzeugen lebendig, die unter die landauf, landab hin und her rollende Vernichtungswalze des wechselnden Kriegsgeschehens geraten waren. So schrieb einer dieser Überlebenden, der Bürgermeister eines kleinen Städtchens in Anhalt, kurz nach dem herbeigesehnten Friedensschluss von 1648:

„In diesem Jahr 1618 erschien der schreckliche Cometstern..., derselbe stund 30 Tage am Himmel, wie dann der Krieg in Deutschland auch 30 Jahre gewähret, und also jeder Tag ein Jahr, wie der Erfahrung solches leider genugsam bezeugte, bedeutet".

Faulhaber hätte darin sicherlich eine endgültige Bestätigung seiner Vorhersage von 1617 gesehen und eine Ehrenrettung seines angegriffenen Rufes, obwohl er eine solche äußerliche Bestätigung für sich selbst nicht brauchte, war ihm doch die erlebte Evidenz einer göttlichen Intuition Beweis genug. Und wie gerne hätte er sicherlich auch auf einen solchen Beweis verzichtet, auf all das Leid und die damit einhergehende Verrohung, auf das Wüten der Pest und der Soldateska.

XIII

Der Philosoph lag im Sterben, das war offensichtlich. Sein Gastgeber und Freund bemühte sich vergeblich, ihm Erleichterung zu verschaffen, die Ärzte hatten ihn augenscheinlich schon aufgegeben und sich verabschiedet.

Husten zerriss die Brust des Liegenden, durchschüttelte ihn, der sonst nur noch apathisch vor sich hindämmerte, fieberdurchglüht. Die Winter waren kalt im Norden, der diesjährige einer der kältesten seit Menschengedenken; die haushälterische Königin, Tochter Gustav Adolfs von Schweden, ließ ihr Arbeitszimmer dennoch nur sparsam beheizen, die ihr eigene Energie gab ihr genug Hitze, sich selbst zu wärmen. Die Energie, die sie dazu trieb, noch vor Sonnenaufgang, morgens um fünf Uhr, ihre erste Lehrstunde in Philosophie zu nehmen, damit den Tag zu beginnen, der anstrengend genug für sie verlief und oft nur mit Routine und Belanglosigkeiten erfüllt war, so dass sie wenigsten den Tagesanfang bewusstseinsstärkend und aufbauend erleben wollte.

Doch dem Philosophen, der von ihr dazu ausgewählt worden war, schadeten Kälte und ungewohntes Frühaufstehen. Sein Leben lang hatte er sich die Gewohnheit bewahrt, zumindest den halben Vormittag im Bett zu verbringen, nun musste er sich seiner Gönnerin anpassen und sich auf Aufforderung hin am Morgen durch die kältestarren, noch nachtdunklen Straßen Stockholms mit einer Kutsche ins Schloss fahren lassen. Er war dazu überredet worden, nach Schweden zu kommen, auf besonderen Wunsch Ihrer Majestät, Königin Christina von Schweden: Auch ein Philosoph ist nicht unempfänglich für das Gefühl des geschmeichelt seins. Es hatte ihn in seinem Anspruch bestätigt, der zurzeit erste Denker Europas

247

zu sein, ein Ansprechpartner auch für gekrönte Häupter.

Doch war es war ein Fehler gewesen, und sein Gastgeber, der französische Botschafter in Schweden, Monsieur Chanut, der ihn dazu verleitet hatte, die Einladung anzunehmen, bereute es nun, ihn in diese Situation gebracht zu haben. Denn der Philosoph lag im Sterben. Die Lungenentzündung, die er sich durch seine Morgengespräche mit der Königin zugezogen hatte, würde er nicht überleben. Sein Name jedoch würde sich weiterverbreiten. Sein Name und sein Werk. Der junge René Du Perron, alias Polybius, wie er sich einmal in einer von ihm längst vergessenen Episode seines Lebens genannt hatte, war zum berühmten Descartes geworden, verehrt und gleichzeitig angefochten, er würde als Vorbild und Vorgänger gepriesen, als Wegbereiter eines kalten Rationalismus geschmäht werden.

Gemäß seinem Glauben ging seine Seele nun zu Gott, darauf hoffte er, darauf setzte er, dass war ihm gewiss. Dem Gott, den er bewiesen hatte (für sich selbst brauchte er keinen Beweis), da dessen Existenz die einzige Garantie dafür wäre, dass wir in einer wirklichen Welt lebten.

Nachbemerkung

Faulhabers Komet ist ein Roman. Keine Biografie. Kein Geschichtsbuch. Wer sich für den historischen Mathematiker und Festungsbaumeister Faulhaber interessiert, der sei auf die Veröffentlichungen zweier Autoren hingewiesen, die sich detailliert und urkundlich belegt mit dessen Lebensleistung beschäftigt haben: Ivo Schneider: „Johannes Faulhaber: 1580 – 1635 ; Rechenmeister in einer Welt des Umbruchs" (1993) und Kurt Hawlitschek: „Johann Faulhaber 1580 – 1635: eine Blütezeit der mathematischen Wissenschaften in Ulm" (1995); sowie „Johann Faulhaber 1580 – 1635 und René Descartes 1596 – 1650: auf dem Weg zur modernen Wissenschaft" (2006). Hier wird der Mathematiker Faulhaber ausführlich gewürdigt, anders als in meiner Geschichte, die eher fiktional ist und anderes zum Schwerpunkt hat. Ich habe mir die Freiheit genommen, Dokumentiertes zu verwenden oder Ergänzendes zu erfinden, je nach Bedarf der Erzählung, die ihrem eigenen Verlauf folgt. Rhythmus und Stimmung sind dabei wichtiger als Faktenvollständigkeit, Spracheinfall gewichtiger als Zitiergenauigkeit. Doch das muss nicht besonders betont werden, es ist eine Selbstverständlichkeit: Literatur ist Spiel. Ist Literatur.

Besucht mich doch auf meiner Website:
www.architexxt.de – dort gibt es Weiteres zu
lesen.

FSC
www.fsc.org

MIX

Papier aus ver-
antwortungsvollen
Quellen
Paper from
responsible sources

FSC® C105338